F. W. Jähns

Carl Maria von Weber

Eine Lebensskizze

F. W. Jähns

Carl Maria von Weber
Eine Lebensskizze

ISBN/EAN: 9783743403895

Hergestellt in Europa, USA, Kanada, Australien, Japan

Cover: Foto ©Raphael Reischuk / pixelio.de

Manufactured and distributed by brebook publishing software (www.brebook.com)

F. W. Jähns

Carl Maria von Weber

Carl Maria von Weber.

Eine Lebensskizze

nach authentischen Quellen

von

F. W. Jähns,
Königl. Preuss. Professor und Musikdirector in Berlin.

Mit einem bisher unbekannten Bildniss Weber's in Photolithographie.

Leipzig,
Fr. Wilh. Grunow.
1873.

Das hier beigegebene Bildniss
C. M. von Weber's

wird hiermit zum ersten Male veröffentlicht. — Der Herr Verfasser dieser Lebensskizze, in dessen Besitze sich gegen 80 verschiedene gestochene, lithographirte, auch photographirte, im Handel erschienene Bildnisse Weber's befinden, spricht dem vorliegenden vor allen andern die Vorzüge bei weitem grösserer Aehnlichkeit und Wahrheit des Ausdrucks zu. — Das Original wurde im October des Jahres 1820 vom Professor Horneman in Kopenhagen gezeichnet, als Weber auf seiner damaligen Kunstreise daselbst sechszehn Tage verweilte. Bei einem Aufenthalte zu Kopenhagen im Juli d. J. entdeckte Herr Prof. Jähns durch einen glücklichen Zufall die von ihm lange gesuchte Originalzeichnung im Besitze des Herrn Archivars Klein, der die photographische Abnahme darauf freundlichst gestattete. Das Original trägt folgende Bemerkungen von des Zeichners Hand, oben: „Capelmeester Carl Maria von Weber," unten: „C. Horneman del. — Dessiné d'après nature 11. Oct. 1820."

October 1872.

Die Verlagshandlung.

Das Recht der Uebersetzung in fremde Sprachen wird vorbehalten.

Carl Maria's Vater, Franz Anton, Freiherr von Weber (ein Nachkomme des 1568 geadelten, 1622 in den Freiherrnstand erhobenen nieder-österreichischen Regierungs-Kanzlers Kaisers Ferdinand II., Johann Baptist Weber) war 1756 kurfürstlich pfälzischer Lieutenant, 1758 fürstbischöflicher Amtmann und Hof-Kammerrath zu Hildesheim, 1778 Musikdirector zu Lübeck, 1779 fürstbischöflicher Capellmeister zu Eutin, seit 1787 Theater-Unternehmer zu Meiningen, Nürnberg etc. — Als neuntes seiner zehn Kinder wurde ihm, in zweiter Ehe mit Genofeva von Brenner, unser Meister: **Carl Maria Friedrich Ernest von Weber am 18. December 1786 zu Eutin** im Oldenburgischen geboren; durch die Verheirathung seiner Base Constanze (von) Weber wurde der Letztere der Vetter Mozart's.

Schon in seinem zwölften Jahre verlor Carl Maria die Mutter und wurde nun noch mehr als bis dahin einem steten Ortswechsel unterworfen, der nicht ohne Einfluss auf den Knaben bleiben konnte. Seine Kinder- und ersten Entwicklungsjahre fielen in die Zeit der Hingabe seines Vaters an die Thätigkeit eines Theaterdirectors, und ferngehalten von altersgleichen Gespielen erwuchs er in der bewegten, vielgestaltig wechselnden Sphäre des Theaterlebens, für den zukünftigen dramatischen Tondichter freilich von still vorbereitender, das Kind aber vorzeitig erregender Wirkung. Bei anderweitiger vielfacher Begabung desselben trat das musikalische Talent anfänglich wenig hervor; sein erster Musiklehrer, der fünfundzwanzig Jahre ältere Bruder **Fritz** (Fridolin), äusserte damals gegen ihn: „Carl, Du kannst alles werden — aber ein **Musiker** wirst Du nimmermehr!" Dennoch wurde der Unterricht fortgesetzt, und als Franz Anton vorläufig seine Theaterunternehmungen aufgab und 1796 nach **Hildburghausen** übersiedelte, erhielt der Knabe den gründlichen J. P. **Heuschkel** daselbst zum Lehrer. Dieser war es, bei welchem Carl Maria (nach des Letzteren Bemerkung in einem bis 1818 reichenden kurzen Lebensabrisse) „den wahren, bes-„ten Grund legte zur kräftigen, deutlichen und charaktervollen „Spielart und zu gleicher Ausbildung beider Hände auf dem „Clavier."

Ein neues Theaterunternehmen führte seinen Vater schon 1797 wieder von Hildburghausen hinweg nach **Salzburg.** — Die weitere Ausbildung des Knaben wurde nun dem dort lebenden **Michael Haydn** (Joseph Haydn's Bruder) übergeben. 1798 erschien daselbst Weber's **erstes Opus**: Sechs Fughetten (bei Mayr.) Doch bald gab Franz Anton auch das vorerwähnte Theaterunternehmen auf und ging Ende 1798 nach dem damals in hoher Kunstblüthe stehenden **München**, wo nunmehr J. N. **Kalcher**, der als Tonlehrer berühmte Hoforganist, die musikalische Weiterbildung Carl Maria's übernahm. Seinen Einfluss charakterisirt Carl Maria selbst in jener Lebensskizze dahin, dass er „„dem klaren, stufenweise „fortschreitenden, sorgfältigen Unterrichte Kalcher's grössten-„theils die Herrschaft und Gewandheit im Gebrauche der „Kunstmittel, vorzüglich in Bezug auf den reinen vierstim-„migen Satz" verdanke. Nebenher studirte er Gesang bei **Valesi** (Walleshauser). — Bald entstand nun eine namhafte Anzahl von Compositionen, darunter eine Messe, Trio's, Sonaten, Variationen, vierstimmige Lieder, Canon's etc., selbst eine

Oper, die erste Weber's: „Die Macht der Liebe und des Weins", welche Arbeiten sämmtlich durch Zufall ein Raub der Flammen wurden, mit Ausnahme von 6 Clavier-Variationen, die, seinem Lehrer Kalcher gewidmet, **1800**, und zwar von Carl Maria **eigenhändig lithographirt**, als dessen op. 2 zu München im Selbstverlage erschienen. Denn dem im Zeichnen geschickten Knaben hatte die damals von A. Senefelder erfundene Kunst der Lithographie ein so hohes Interesse abgewonnen, dass er bald selbst eine verbesserte, dahin einschlagende Maschine erfunden zu haben glaubte, deren Resultate er in dem genannten, von ihm selbst auf Stein geschriebenen Opus 2 darlegen wollte. Diese Bestrebungen erfüllten ihn und den Vater dergestalt, dass Beide in der zweiten Hälfte des Jahres 1800 — nachdem Carl Maria, durch Erfurt, Gotha und Leipzig reisend, in Concerten als Clavier-Virtuose aufgetreten war — nach **Freiberg** in Sachsen übersiedelten, um, wie Carl Maria 1818 schrieb, die Lithographie „im Grossen „zu treiben, dort, wo alles Material am bequemsten zur Hand „schien". Doch bald liessen ihn „das Mechanische, Geist- „tödtende des Geschäfts das Unternehmen aufgeben und die „Composition mit doppelter Lust fortsetzen." In Folge dess schrieb Weber zu Freiberg im Herbste des Jahres 1800 seine zweite Oper „**Das Waldmädchen**" (auch „das stumme Waldmädchen" genannt), welche daselbst durch die Truppe ihres Dichters, eines Ritters von Steinsberg, zuerst am 24. November 1800 zur Aufführung kam und in Chemnitz am 5. December desselben Jahres zur Wiederholung gelangte. 1804 und 1805 wurde dann „das Waldmädchen" in Wien mehrfach aufgeführt und bald auch zu Prag (in's Böhmische übersetzt) und zu Petersburg mit Beifall gegeben, „und verbreitete sich die Oper" (wie Weber später schrieb) „weiter, als mir lieb sein

„konnte, da es ein höchst unreifes, nur vielleicht hin und
„wieder nicht ganz an Erfindung leeres Product war, von dem
„ich namentlich den zweiten Act in zehn Tagen geschrieben
„hatte, eine der vielen unseligen Folgen der auf ein junges
„Gemüth so lebhaft einwirkenden Wunder-Anekdoten von hoch-
„verehrten Meistern, denen man nachstrebt."

Zur Regelung früherer Theatergeschäfte ging hierauf Franz Anton wieder nach Salzburg, und auf's Neue wurde Carl Maria der musikalischen Leitung Michael Haydn's übergeben. Hier nun schrieb 1801 der noch nicht voll fünfzehnjährige Knabe seine dritte zweiaktige Oper „Peter Schmoll und seine Nachbarn", die im Juni 1802 zu Salzburg vor Michael Haydn und dem Concertmeister Otter am Clavier aufgeführt wurde, welche Beide dem jungen Componisten rühmliche Zeugnisse darüber ausstellten, von denen das Otter's mit den Worten schliesst: „Erit mature ut Mozart". — In dieser Zeit entstanden nachweislich noch die „Six Petites Pièces Faciles" für Pfte. zu vier Händen op. 3, die 12 Allemanden op. 4, einzelne Lieder und 6 Ecossaisen. — Eines Ausfluges der beiden Weber im Herbste des Jahres 1802 nach Hamburg sei nur gedacht, weil hier Carl Maria's erstes einstimmiges, übrigens ungedruckt gebliebenes Lied „Die Kerze" entstand und er hiemit eine Bahn betrat, auf der er später so sehr Ausgezeichnetes leisten sollte. Ende des Jahres gingen Vater und Sohn nach Augsburg, wo Anfangs 1803 Peter Schmoll auf der Bühne erschien, jedoch, (wie Weber sagt) „ohne sonderlichen Erfolg, wie natürlich!" Beiläufig entstand während dieses Aufenthalts eine frühreife Perle unter Weber's vierstimmigen Gesängen, sein tiefschönes Grablied „Leis wandeln wir wie Geisterhauch".

Mächtig zog es beide Weber nach Wien, und zwar be-

sonders Joseph Haydn's wegen, dessen Schule der Jüngling
übergeben werden sollte. Dies aber gelang nicht, und statt
dessen wurde der berühmte, damals in Wien weilende Abt
Vogler Carl Maria's Lehrer, ein Ereigniss, das als eines der
einflussreichsten auf den Entwicklungsgang des werdenden
Künstlers zu betrachten ist. Bald war er dem Meister in
voller Begeisterung ergeben, welche auch sein ganzes Leben
hindurch nicht erloschen ist. Nach einem einjährigen Lehr-
cursus bei Vogler, während dessen nur wenig (op. 5 und 6,
Variationen, diesem gewidmet) componirt, desto strenger aber
studirt wurde, trat Carl Maria im November 1804 durch
Vogler empfohlen, die Capellmeisterstelle am Breslauer
Stadttheater an. Hier eröffnete sich dem Talente des acht-
zehnjährigen Dirigenten als solchem ein weites Feld der
Praxis; hier konnte er, als Leiter eines schon bedeutenden
Orchesters, dessen Wirkungen nach allen Richtungen
tief eingehend beobachten, und dadurch zumal gestaltete
sich diese von ihm zwei Jahre innegehaltene Stellung als
bedeutungsvolles Moment für seine hohe Meisterschaft auf
dem Gebiete orchestraler Kunst. Doch wieder brachte diese
Zeit nur Weniges an eignen Schöpfungen. Das Bedeutendste
davon waren: Ouvertüre, Quintett, eine Arie und ein Chor zu
der von Rhode gedichteten, aber unvollendet gebliebenen
Oper „Rübezahl" und die „Overtura Chinesa", 1809 von
Carl Maria vor seine Turandot-Musik gestellt und zu diesem
Zwecke umgearbeitet.

Nach Zerwürfnissen mit der Direction des Breslauer
Theaters nahm Weber im Mai des Jahres 1806 seinen Ab-
schied und folgte, seinen Vater mit sich nehmend, einer Einladung des edlen, musik-liebenden und -kundigen Prinzen
Eugen von Württemberg zu Carlsruhe in Schlesien,

bei dessen Capelle er im Herbst d. J. als deren Director, unter dem Titel eines „herzoglichen Musik-Intendanten" eintrat. Hier entwickelte er auf's Neue sein durch Breslau bedeutend gefördertes Directions-Talent und schrieb, neben zwei Sinfonien, einem Concertino für Horn, der gänzlichen Umwandlung der Ouvertüre von Schmoll in die (Concert-) „Ouverture à plusieurs Instruments" und einigem Anderen, dasjenige Pianoforte-Stück, welches zuerst seinen Namen in die grosse musikalische Welt trug, in der es sich bis heut mit ungeschwächtem Werthe behauptet hat: die eben so originellen, wie schönen und glänzenden Variationen über „Vien qua, Dorina bella", op. 7.

Leider war sein Aufenthalt am Carlsruher Hofe nur das kurze Aufleuchten eines schnell wieder erbleichenden Glückssternes. Der Krieg löste die Capelle auf und führte den Prinzen Eugen hinweg. Rath- und hülflos standen beide Weber dem Mangel preisgegeben da, als der edle scheidende Fürst sie demselben dadurch entriss, dass er den ihm sehr werth gewordenen Carl Maria seinem und des Königs von Württemberg Bruder, dem Herzoge Ludwig, empfahl, als dessen „Geheimer Secretär" Weber nun im Juli d. J. 1807 nach Stuttgart ging, nachdem er die Zeit von Ende Febr. bis dahin zu einer Kunstreise über Breslau durch Sachsen und Franken verwendet hatte.

Den bewegtesten Theil von unseres Weber's Jugendleben birgt diese Stuttgarter Periode vom Juli 1807 bis Ende Februar 1810. Dasselbe gestaltete sich darin zu einer wunderlich gemischten Existenz, einmal getheilt zwischen den Pflichten eines getreuen Dieners seines Herzogs Ludwig, gegen den er oftmals mit dem Ernst eines reifen Mannes aufzutreten genöthigt war, andrerseits getheilt zwischen dem Sich-Hineinleben in eine später noch vielfach ausgeübte pädagogische Wirksamkeit, hier in Stuttgart zunächst als Lehrer der Töchter des Herzogs, der Prinzessinnen Marie und Amalie, und — der bedeutungsvollen Weiterentwicklung seines Künstlerthums, die in seinem ersten grossen dramatischen Werke, der Oper „Silvana", gipfelte. Hiezu trat noch ein innerer Bildungsprozess durch den Umgang mit ausgezeichneten Männern, dem Bildhauer Dannecker, den Kupferstechern Gotthard und Friedrich von Müller, dem Capellmeister Danzi, dem Dichter Haug und Anderen, wie sich schliesslich das Leben eines phantasievollen warmblütigen Jünglings daran knüpfte, der sich weder den mannigfachen Reizen eines vielfarbigen Hof- und Künstlergetreibes entziehen konnte noch mochte. — Diese Periode wurde jedoch wahrhaft verhängnissvoll für den jungen Mann durch Anfangs des Jahres **1810** eingetretene schwere Unbesonnenheiten seines bei ihm wohnenden alten Vaters, in Folge deren Carl Maria, obwohl persönlich dabei **vollständig unbetheiligt**, mit Jenem aus den württembergischen Landen verwiesen wurde und Beide am 26. Febr. 1810 Stuttgart fast ganz mittellos verlassen mussten. Dieser Tag beschliesst den **ersten Hauptabschnitt** in unseres Meisters Entwicklungsgang; von ihm vornemlich datirt sein immer grösserer Ernst in der Auffassung des ganzen Lebens, das fortan bis zu dessen Schlusse edelster Erfüllung menschlicher Pflichten wie künstlerischer Bestrebungen immer näher und näher trat. — Ausser vorerwähnter, mitten im Strudel jener höchsterregenden und bedrohlichen Verhältnisse am 23. Februar 1810 vollendeter Oper „Silvana" sind von den in den Stuttgarter Jahren ausgeführten Compositionen noch besonders hervorzuheben: „**Der Erste Ton**", Declamatorium mit Musik und Chor; **Variationen für Violine** und Chor; **Variationen** für Violine und Pfte. über ein norwegisches Thema; die berühmte prächtige **Es-dur-Polonaise** für Pfte. op. 21 (in Werth und Wirkung ein Seitenstück zu den Variationen über „Vien qua, Dorina bella" op. 7); der „**Momento capriccioso**"; die **Six Pièces à 4 mains** op. 10 (für seine Schülerinnen, die Württembergischen Prinzessinnen Marie und Amalia componirt) und der „**Grand Quatuor**", ohne Op.-Zahl erschienen.

Die **vier** nun folgenden Jahre, 1810—1813, die Weber in seinen Tagebüchern „Reisejahre" überschreibt, führten ihn nicht nur äusserlich von Ort zu Ort, sondern auch an innerlicher Bedeutung für seine moralische wie künstlerische Reife war ihre Wirkung eine eben so mannigfache wie tiefe, so dass er schon am Schlusse des Jahres 1810 in sein Tagebuch schreiben konnte: „Gott hat mich zwar mit viel „Verdruss und Widerwärtigkeiten kämpfen lassen, aber doch „immer auf gute Menschen geführt, die mir das Leben wieder „werth machten. Ich kann mit Beruhigung und Wahrheit „sagen, dass ich diese zehn Monate über besser geworden „bin; meine traurigen Erfahrungen haben mich gewitzigt; ich „bin ordentlich in meinen Geschäften, anhaltend fleissig ge„worden." — Wie verschiedenartig aber die Eindrücke und Wirkungen dieser vier Jahre durch Ortswechsel und Thätigkeit waren, zeige die folgende gedrängte Uebersicht der Reisen. — Das Jahr 1810 führte Weber am 27. Februar zuerst nach Mannheim, wo er sich Gottfried Weber zu dauernder Freundschaft verband. Am 9. März bereits gab er daselbst das erste seiner späteren vielen Concerte, aus deren Ertrage, neben dem seiner Compositionen, er für die nächste Zeit seiner freien Künstlerschaft die äussere Existenz zu sichern hatte. — Nach diesen ersten Mannheimer Tagen wurde der Aufenthalt in Darmstadt, der zwar durch mannigfachen Ortswechsel mit Frankfurt, Baden und andern nah gelegenen Städten ein sehr bewegter war, dadurch hochbedeutend für ihn, dass er eben in Darmstadt seinen von ihm so tief verehrten grossen Lehrer Vogler wiederfand und bei Diesem dessen Schüler, den reichbegabten Meyerbeer und den talentvollen Gänsbacher kennen lernte, mit denen er, bald innig befreundet, sich voll Begeisterung unter Vogler's Leitung höchst gründlichen, seinerseits erneuten Studien hingab. Unterdess gelang es ihm, seine Oper „Silvana" am 16. September in Frankfurt a. M. unter eigner Leitung mit Erfolg zur Aufführung zu bringen; seine nachmalige Gattin gab hiebei die Silvana; die Begegnung mit ihr blieb vorläufig aber eine nur vorübergehende.*) — Da der uns gestattete Raum es von nun an nicht mehr zulässt, jede von Weber's Arbeiten, die vom Jahre 1810 einschliesslich an entstanden, ohne Rückhalt hier aufzuzählen, so wird ferner nur das Allerwichtigste davon genannt werden.**) — So möge denn betreffs neuer Compositionen aus dem Jahre 1810 nur auf das Pianoforte-Concert Nr. I in C, (op. 11) hingewiesen

---

*) Die jüngste Aufführung dieser Oper fand zu Paris am 2. April 1872 auf dem Théâtre lyrique national unter grossem Beifall statt.

**) Vollständig erschöpfende Auskunft über sämmtliche Tonwerke Weber's giebt das Werk von F. W. Jähns, königl Professor in Berlin: „Carl Maria von Weber in seinen Werken. Chronologisch-thematisches Verzeichniss seiner sämmtlichen Compositionen, nebst Angabe der unvollständigen, verloren gegangenen, zweifelhaften und untergeschobenen mit Beschreibung der Autographen, Angabe der Ausgaben und Arrangements, kritischen, kunsthistorischen und biographischen Anmerkungen, unter Benutzung von Weber's Briefen und Tagebüchern und einer Beigabe von Nachbildungen seiner Handschrift. Berlin, Schlesinger (Lienau) 1871. 480 Seiten, grosses Lexikon-Format, Preis 3½ Thlr."

sein, so wie auf die einaktige komische Oper „Abu Hassan", welche Weber dem Grossherzoge von Hessen-Darmstadt widmete.

Das Jahr 1811 brachte die Trennung von Vogler, welchen Weber danach nicht wiedersehen sollte, indem er sich nach München wendete. Der Aufenthalt in dieser Stadt erstreckte sich vom 14. März bis 1. December, wurde aber durch eine Reise in die Schweiz (vom 9. Aug. bis 23. Octbr.) unterbrochen. Der December fand Carl Maria in Prag, das Ende des Jahres in Leipzig, stets künstlerischen Bestrebungen hingegeben. Von den vielen persönlichen Annäherungen, die das Jahr 1811 ihm brachte, wurden zu dauernden einflussreichen Verbindungen: die Bekanntschaften mit dem grossen Clarinettvirtuosen Heinr. Baermann zu München und mit Fr. Rochlitz zu Leipzig. Am ersteren Orte gewann er sich zugleich den Schutz des Königspaares in so weit, dass am 4. Juni „Abu Hassan" auf dem Münchner Hoftheater unter seiner Leitung mit Beifall in Scene ging. — An neuen Compositionen war dies Jahr bei weitem reicher als das vorhergehende. Als hervorragende seien hier nur bemerkt: Concertino, (op. 26); zwei Concerte in F (op. 73) und in Es (op. 74); Variationen mit Pianoforte (op. 33): sämmtlich für Clarinett; die italienische Concert-Arie zu Athalia „Misera me!" (op. 50); das Fagott-Concert in F (op. 75), das Rondo zum Pianoforte-Concert Nr. II in Es (op. 32) und die vollständige Umschmelzung der alten Ouvertüre zu „Rübezahl" in die „zum Beherrscher der Geister".

Das dritte „Reisejahr" 1812 führte Weber von Leipzig nach Gotha an den grossherzoglichen Hof, darauf vom 20. Februar bis 31. August zum erstenmal nach Berlin. In diese Zeit fällt, am 16. April, der Tod seines Vaters Franz

Anton. — Zu Berlin trat Carl Maria vielfach in neue Kreise. Als Gewinn eines treuesten Freundes für sein ganzes folgendes Leben ist hier der Zoologe Professor Hinrich Lichtenstein zuerst zu nennen. An diesen schlossen sich Meyerbeer's Eltern, die Familien der beiden Jordan, Gabain, Sebald, Türk, Koch, die Freunde Wollank, Rungenhagen, Flemming, Gubitz, v. Drieberg, wie endlich Fürst Anton Radziwill, der Componist des „Faust." Hier gestaltete sich ihm ein Freundeskreis, dessen bedeutungsvolles Verhältniss zu ihm er tief und schön Lichtenstein gegenüber damals mit der Bemerkung kennzeichnet: „Ich denke mir immer meine Freunde in Berlin als Eine „Familie. O dass ich Euch Alle so wiederfände, dass nichts „erkühlte, nichts abstürbe im Gemüthe und der Liebe. Es „gehört zu meinem Unglück, dass ein ewig junges Herz in „meiner Brust schlägt. Die Wärme, der Enthusiasmus, den „es beim Scheiden von dem Orte in sich trug, erhält es in „gleicher Kraft, und den härtesten Stoss erleidet es, wenn, „rückkehrend mit den alten gleichen Gefühlen, es dann nicht „wieder dieselben Anklänge findet, sondern mancher in den „Akkord gehörige Ton da höher da tiefer geworden ist. „— Gott erhalte unsre reine Stimmung!" —

Das wichtigste Ereigniss dieses Berliner Aufenthaltes für Weber war aber die Aufführung seiner „Silvana" am 10. Juli auf dem Königl. Hoftheater und zwar unter seiner eignen Direction und mit vorzüglichem Beifalle. — Am 31. August verliess er Berlin, um vom 6. Sept. bis zum 20. Decbr. bei seinem Gönner, dem Herzoge Emil Leopold August von Gotha in unausgesetzter musikalischer Thätigkeit zu verweilen, die ihn auch auf kürzere Zeit nach Weimar an den Hof der Grossfürstin Maria Paulowna, einer ausgezeichneten Pianoforte-Virtuosin, zog, woran sich die persönliche Bekanntschaft mit Goethe und Wieland knüpfte. Am 26. Dec. ging Weber nach Leipzig. — Das Jahr 1812 hatte unter vielen anderen Compositionen die Vollendung des grossartigen Es-dur-Pfte.-Concerts gebracht, ferner die herrlichen Pfte.-Variationen über „Joseph", die Hymne „In seiner Ordnung schafft der Herr" für Soli, Chor und Orchester und die erste seiner nach Form und Inhalt gleich grossen vier Pfte.-Sonaten, die in C, opus 24. — Hiemit schliesst das dritte „Reisejahr" Weber's; doch ist als eine noch zu ihm zählende letzte künstlerische That das sogenannte grosse Neujahrs-Concert zu Leipzig am 1. Januar 1813 anzusehen, in welchem er seine Hymne und sein schönes reiches Es-dur-Pfte.-Concert zum erstenmal öffentlich aufführte, letzteres zum erstenmale ganz vollständig, unter enthusiastischem Beifalle.

Obwohl Weber, bei Beginn seines Tagebuchs von **1813**, dieses Jahr mit „Viertes Reisejahr" überschrieben hatte, so wurde es doch zu seinem eigentlichen „Ersten Joch-Jahre", mit welcher Bezeichnung erst freilich das Jahr 1814 im Tagebuche von ihm versehen ist. Denn am 12. Januar in Prag angekommen, wurde er sehr bald vom Director des dortigen königl. böhmisch landständischen Theaters, C. Liebich, bestimmt, die Stellung eines Capellmeisters und Opern-Directors an demselben anzunehmen. Längst hatte jener treffliche, in seinem Fache ausgezeichnete Mann die Nothwendigkeit einer gründlichen Umgestaltung dieses Kunstinstitutes eingesehn, und indem er Weber zu diesem Zwecke zu fesseln wusste, erreichte er denselben auch auf das Vollkommenste. Das dreijährige Schaffen unsres thatkräftigen Meisters gab der Prager Bühne durchaus neue Impulse, wenn es ihm auch nicht gelang, das für höhere Kunstinteressen damals ziemlich laue grosse Publicum Prag's nachhaltig zu erwärmen. Die

Aufgabe war überhaupt eine schwere, denn Weber fand die dortigen Opernverhältnisse in einem so zurückgekommenen Zustande, dass seine Arbeit daran einem gänzlich neuen Auferbauen fast gleichkam. — Mit einer Dienstreise nach Wien vom 27. März bis 26. Mai, behufs Ergänzung seines Sängerpersonals, eröffnete er seine Amtsführung. Dort fand er seinen Freund Meyerbeer wieder und knüpfte manche neue Verbindung mit maassgebenden Persönlichkeiten an, z. B. mit Mosel, Castelli, Moscheles, den Grafen Palffy und Dietrichstein, Spohr. Nach Prag zurückgekommen, gab er seinem Personale eine treffliche (noch erhaltene) Dienstordnung und trat am 9. September mit der glänzenden Aufführung von Spontini's „Cortez" als Operndirector vor das überraschte Publicum; dieser Oper folgten unausgesetzt die vorzüglichsten Werke seiner Wahl, wobei freilich nebenher die meist unerquicklichen Wünsche des Publicums nicht minder berücksichtigt werden mussten.

Der Mai des Jahres 1814 brachte ihm die Nachricht des am 6. erfolgten Todes seines geliebten Meisters, des Abts Vogler — „Gott segne seine Asche! ich habe ihm viel „zu verdanken, und er hat mir immer die ausgezeichnetste „Liebe bewiesen!" so ruft er am 8. Mai in seinem Tagebuche aus. — Der ihm alljährlich zustehende Urlaub führte Weber im Juli zur Cur in das Bad Liebwerda bei Böhmisch Friedland und im August wieder nach Berlin. Hier, wo er Concert gab, und seine Silvana neu einstudirte und aufführte, wurde ihm ein überaus warmer und herzlicher Empfang, und er durfte zu den alten Freunden bald neue zählen, darunter Männer wie L. Tieck, Brentano, vor allen aber den Grafen Carl von Brühl, der nicht lange darauf General-Intendant der Berliner Hofbühne und als solcher der treueste Beschützer Weber's in Berlin bei dessen spätern grossartigen Kunst-

erfolgen wurde. Politisch gingen daselbst die Wogen höher
als je. Von diesen Eindrücken tief erfüllt begab sich Weber
im September wieder zum Herzog von Gotha, bei welchem
er, auf dessen altem Jagdschlosse zu Tonna bis zum 20.
verweilte. Hier war es, wo er am 13. die beiden ersten
seiner unsterblichen begeisternden Kriegslieder „Lützow's
Jagd" und das „Schwertlied" componirte, denen sich
bald noch acht andere Lieder, ebenfalls aus Körner's „Leyer
und Schwert", theils in Altenburg, theils in Prag
geschrieben, anschlossen, welche alle deutschen Herzen im
Fluge eroberten. — In seinen Wirkungskreis zu Prag am
25. September zurückgekehrt, begann er bald die ihm lange
bemerklich gewordene Vereinsamung seiner Stellung mehr
und mehr zu empfinden. Aber doch griff er mit erfrischtem
Muthe auf's Neue zur Arbeit an der ihm anvertrauten Kunst-
anstalt; besonders die Aufführung des Fidelio am 27. Nov.
gab ein leuchtendes Zeugniss dafür. Auch diese Oper wurde
jedoch, wie so viele andere treffliche, von den Pragern in der
ihm schon nur allzu bekannten Weise mit Kühle aufgenommen, ungeachtet er auf die Einstudirung des von ihm so
hochverehrten Meisterwerkes einen vollen Monat mit 14 Proben
verwendet hatte. Unerschütterlich indessen lag er seiner
Pflicht ob, dem einmal als recht erkannten Wege folgend. In
des schaffenden Künstlers innerm Leben, in der Freude als
Bildner junger Talente fand er anderweitigen, tiefgehenden
Ersatz. — So war der Frühling des Jahres 1815 herange-
kommen. Da regte ihn die am 8. Juni nach München un-
ternommene Reise zu erhöhterem Schaffen an, und hier entwickelte sich nun, nach Vollendung mancherlei neuer Arbeiten,
die Idee zur Composition seiner grossen Cantate „Kampf
und Sieg" zur Feier der Schlacht bei Belle-Alliance. Die

Verkörperung jener Idee zu diesem grossartigen Kunstwerke, der er sich, nach Prag zurückgekehrt, mit Begeisterung hingab, wurde daselbst am 22. Dec. von ihm vorgeführt und mit einer Wärme aufgenommen, wie sie für Prag fast beispiellos war. Das Jahr 1816 war bestimmt, die beiden bedeutendsten Ereignisse im Leben unsres Meisters, wenn auch nicht herbeizuführen, so doch vorzubereiten: Seine Wirksamkeit als königlich sächsischer Capellmeister und seine eheliche Verbindung. — Die schon angedeuteten, Weber verstimmenden Verhältnisse, dem Prager grossen Publicum gegenüber, bildeten für ihn zu schwer wiegende Gründe, um ihn nicht endlich eine Aenderung seiner künstlerischen Stellung ernstlich wünschen zu lassen. Bei seinen wiederholten Besuchen Berlin's war der Gedanke bei der dortigen Hoftheater-Direction rege geworden, ihm die eine der beiden Capellmeisterstellen zu übertragen, und er selbst hatte sich der Sache mit Neigung zugewendet. So erklärt es sich denn leicht, weshalb er sich auch im Jahre 1816 wieder dahin begab, um am 18. Juni, dem ersten Jahrestage der Schlacht von Belle-Alliance, seine grosse Cantate „Kampf und Sieg" und seine ebenfalls mit Enthusiasmus aufgenommenen Lieder aus „Leyer und Schwert" im königlichen Opernhause zweimal öffentlich aufzuführen. Dennoch gestalteten sich feste Beschlüsse wegen seiner dortigen Anstellung nicht, trotz warmer Befürwortung des ihm freundschaftlich zugeneigten Intendanten Grafen Brühl; aber die ersehnte Aenderung in seiner Stellung kam plötzlich von anderer Seite. — Der König Friedrich August I. von Sachsen beabsichtigte, in Dresden eine deutsche Oper zu begründen und beauftragte den Intendanten des Dresdener Hoftheaters, den Hofmarschall Grafen Heinrich Vitzthum von Eckstädt, die dazu nöthigen Schritte zu thun. Derselbe befand sich im Juli zur Cur in Carlsbad, und hier war es, wo Weber, auf dem Rückwege nach Prag, mit ihm zusammentraf. Des Grafen an Weber gestellte Anträge zur Uebernahme der Stelle eines „königlich sächsischen Capellmeisters und Directors einer in Dresden neu zu schaffenden Oper" wurden von Weber angenommen und erhielten am 21. Dec. die königliche Genehmigung. — Weber's viertehalbjährige Amtsthätigkeit in Prag schloss am 29. September 1816. Im Ganzen hatte er während derselben in 31 rein zur Einstudirung von musikalisch-dramatischen Werken verwendeten Monaten 61 Opern und Singspiele daselbst in Scene gehen lassen. Als Beweis seiner Selbstlosigkeit darf nicht unerwähnt bleiben, dass er, bei dieser verhältnissmässig grossen Anzahl einstudirter Werke, nicht eine seiner eignen Opern zur Aufführung gebracht hatte.

Die Förderung des anerkannt Besten in jedem Genre war sein Ziel gewesen und hiess ihn selbst zurücktreten. Jenes zu beschützen, schien ihm um so nothwendiger, als Zeitgeschmack und Laune des Publicums ihm ohnedies genug Unbedeutendes aufnöthigten. So konnte denn Weber mit der Empfindung vollster Pflichterfüllung Prag verlassen und, wenn auch in seinen anfänglichen Erwartungen getäuscht, zugleich die Ueberzeugung mit sich hinwegnehmen, manches verständnissvolle und ihm ergebene Herz zurückzulassen. — Am 13. October kam Weber zum zweiten Male in diesem Jahre in Berlin an, um im Hause seines Freundes Lichtenstein vorläufig ganz der Composition zu leben. Aber am 19. November verlobte er sich dort mit Carolina Brandt, einer vorzüglichen Sängerin und Schauspielerin im Fache des Naiven, einer selten geistvollen und liebenswerthen Persönlichkeit, die als Mitglied der prager Bühne schon lange seine Neigung gefesselt hatte und eben jetzt am Berliner Hoftheater eine Reihe von Gastvorstellungen gab. — Die Jahre 1813 bis 16, in denen Weber fast ausschliesslich an Prag gebunden war, brachten, trotz seiner vielen Amtsgeschäfte, dennoch eine verhältnissmässig namhafte Anzahl von musikalischen Schöpfungen zur Reife. Als Hervorragendstes ist zu nennen: Aus dem Jahre 1813, dem dienstlich schwersten: Das Andante und Rondo ongarese für Fagott, und die vier schönen Lieder Nr. 2—5 im op. 30. — Aus dem Jahre 1814: Die schon genannten 10 Kriegslieder aus „Leyer und Schwert." — Aus 1815: Pfte.-Variationen über „Schöne Minka", zwei grosse italienische Concert-Arien op. 51 und 52, Quintett für obligate Clarinette mit Streich-Instrumenten, und „Kampf und Sieg." — Aus 1816: Die unvergleichliche, glanz- und fantasievolle grosse Pfte.-Sonate Nr. 2 in As, den charakteristischen Gesänge-Cyklus „Die vier Temperamente beim Verluste der Geliebten", das grosse Duo concertant für Pfte. und Clarinett" und die dämonische grossartige Pfte.-Sonate Nr. 3 in D.

Waren die Jahre 1810 bis 1816 für Weber wichtig geworden, so dass man sie füglich seine zweite Lebensepoche nennen konnte, so begann mit dem Jahre 1817 nun recht eigentlich seine dritte und letzte; sie war die ereignissreichste, in ihren äusseren Erfolgen die bei Weitem glänzendste und auch für die musikalische Kunst und ihre Förderung durch Weber die bedeutendste.

Am 13. Januar 1817 kam Weber zur Uebernahme seiner Stellung als königlich sächsischer Capellmeister nach Dresden. Seine Amtsfunctionen waren mannigfache, und wenn die Zahl derselben schon nicht klein war, so machten eigenthümliche Verhältnisse sie einerseits schwierig, andrerseits drückend. Das zumeist Ungünstige beruhte in dem Umstande, dass seit Mitte des 17. Jahrhunderts vom Hofe zu Dresden die italienische Oper ausschliesslich gepflegt, die deutsche dagegen nur geduldet worden, von der eigentlichen grossen Hofbühne aber stets ausgeschlossen war. Als nun, nach des Königs Friedrich August I. Absicht, eine deutsche königliche Oper in Dresden neu geschaffen werden sollte, lag diese Aufgabe unserm Meister nicht etwa nur einfach vor, sondern sie schloss einen offnen und geheimen Kampf ein mit der bald als ihre Gegnerin auftretenden italienischen Schwester-Oper; und nicht nur diese selbst, sondern Alles, was durch Neigung, Gewohnheit oder persönlichen Vortheil mit ihr zusammenhing, erwies sich abgeneigt, ja feindlich. Vom Könige an, der weniger aus Liebe zu deutscher Musik als aus Gerechtigkeitssinn für dieselbe, den Gedanken einer deutschen Oper zu Dresden verwirklichte, — von ihm und dem Hofe an bis auf die geringfügigsten Bediensteten hinab blickte die dresdener Gesellschaft auf die Erscheinung der vaterländischen Oper, im glücklichen Falle ohne Antheil und Erwartung, meist aber mit erklärter Gegnerschaft, sei es aus Vorurtheil, sei es aus interessirter Parteinahme. — So war denn der Boden, auf dem sich Weber bei Lösung seiner Aufgabe zu bewegen hatte, kein ebener, ja ein um so rauherer, als ihm zwar die sehr ausgezeichnete königliche Capelle überwiesen wurde, von dem ihm bewilligten Sängerpersonale der italienischen Oper sich aber nur sehr wenig für die deutsche verwendbar erwies, und er sich betreffs Erwerbung geeigneten neuen Personals zur äussersten Sparsamkeit verpflichten musste. Dennoch gelang es Weber, schon am 30. Januar, also am 17ten Tage nach seiner Ankunft in Dresden, als erste Oper unter seiner Leitung Mehül's „Joseph in Egypten" zu geben, und zwar zu hoher Befriedigung des Königs. Die Wirkung auf das Publicum war eine grosse und um so bedeutungsvoller, als Weber sich einige Tage vor der Aufführung mit einer öffentlichen Ansprache an das Publicum gewendet hatte, um durch Darlegung der Geschichte, Eigenart und des Werthes der Oper das Interesse für dieselbe zu wecken und zu vertiefen. Dies bisher „unerhörte" Verfahren behielt Weber auch, bis zum Jahre 1820, einschliesslich bei allen neu einstudirten Werken bei. Ihn leitete dabei der Wunsch, die einseitige Disposition der Dresdener zu Gunsten freierer Auffassung und tieferer Durchdringung der musikalischen Kunst zu heben; in der Hand seiner Gegner aber wurde jenes Verfahren zu einer Waffe, indem sie es ihm als Ueberhebung auslegten. An der Spitze dieser Gegner befand sich erklärlicherweise der Capellmeister an der italienischen Oper Francesco Morlacchi. Seine Machinationen zeigten sich gleich Anfangs in formellen Dingen. Weber war zwar als „königlicher Capellmeister" nach Dresden berufen worden; aber dort angekommen, wurde ihm nur der Titel eines „königlichen Musikdirectors" zugestanden. Das konnte nicht von seinem Gönner, dem Grafen Vitzthum, ausgegangen sein; als jedoch für Weber am 11. Februar 1817 die Stellung als „königlicher Capellmeister" officiell ausgesprochen wurde, erhob sich der vom Hofe bevorzugte Morlacchi fast unverhüllt als Weber's Gegner. Eine Kette der verletzendsten Erfahrungen von dieser Seite her trübte von nun an die ganze Dauer von Weber's Wirksamkeit in Dresden bis zu seinem Tode, und diese Erfahrungen wurden noch schwerer und einschneidender, als der Kampf zwischen der deutschen und italienischen Oper bei dem Dresdener Publicum wie im Allgemeinen in Deutschland, und bald über dies hinaus, immer grösseren und bedeutungsvolleren Ausdruck gewann, das heisst, als der „Freischütz" 1821 nicht nur Deutschland, sondern auch bald darauf die ganze musikalische Welt durchflog. — Auf Weber konnten diese drückenden Verhältnisse nicht ohne nachtheilige Wirkungen bleiben, namentlich auf seine schwächliche Gesundheit. Um so bewunderungswürdiger erscheinen daher seine Arbeiten, die ihren in immerwährenden aufreibenden Erregungen erhaltenen Schöpfer schliesslich in die Reihe der ersten deutschen Tonmeister erhoben. War doch schon Weber's Amtsthätigkeit allein überaus anstrengend; denn neben der Direction der deutschen Oper, neben dem Dienst an der katholischen Hofkirche, den er mit Morlacchi theilte, musste er Letzteren nicht nur häufig im Kirchendienst vertreten, sondern auch in der Leitung der italienischen Oper, da Morlacchi sich oft beurlauben liess, z. B. zwischen 1817 und 18 acht volle Monate. Zu alledem lag Weber noch die Leitung der königlichen Hof- und Tafelmusik ob, ferner das Beschaffen der Sänger und Capellmusiker, wie ihm endlich auch die Composition fast aller am Hofe bei vielfachen festlichen Gelegenheiten nothwendig werdenden Musik zufiel. — Trotz aller dieser seine Stellung erschwerenden Verhältnisse liess er sich in seinem Muthe nicht beugen, sich das Endziel seiner amtlichen und künstlerischen Thätigkeit nicht aus den Augen rücken, wie er dies so klar und würdig in einem Briefe an seine Braut in Prag im August 1817 ausdrückt, indem er ihr schreibt: „Es ist wahr, dass in „dieser Zeit viel zusammengekommen, ja zum Theil noch bei„sammen ist, — aber ich habe mir fest vorgenommen, so „leicht wie möglich über alles wegzusehen und mich immer„mehr in meine Ueberzeugung zu hüllen, unbekümmert, ob „ich eine Sprosse höher oder tiefer in der Gnade stehe,

„wenn ich nur weiss, dass ich vermöge meines Willens die „oberste Stufe verdiene."

Doch kehren wir vom allgemeinen Ueberblick dieser Verhältnisse zum Jahre 1817 zurück. — Unter den Personen, die Weber bald nach Antritt seiner Stellung in Dresden näher kennen lernte, befanden sich zunächst der Archäologe A. Boettiger, Langbein, Arthur vom Nordstern, Carl Förster (der Petrarca-Uebersetzer), Carl Winkler (pseud. Theodor Hell), G. Schilling, Ed. Gehe, Helmina von Chezy und Andere; L. Tieck war ihm schon von Berlin seit dem Jahre 1814 bekannt. Der Mann jedoch, der für ihn am wichtigsten werden sollte, war der Dichter Friedrich Kind, den er bereits früher in Dresden kennen gelernt. Weber, schon jahrelang nach einem ihm zusagenden Operntexte aussehend, wusste Kind lebhaft zur Ausführung eines solchen anzuregen, und als dieser ihm das Sujet des „Freischütz" darbot, ergriff Weber es um so lebhafter, als schon im Jahre 1810 sein Freund Alexander von Dusch dasselbe für ihn zu einem Operntexte zu bearbeiten begonnen hatte, ohne dass es zur Vollendung gekommen war. Kind, sofort ganz von der Idee erfüllt, verfasste nun das Buch zu der neuen Oper (welche anfänglich „Der Probeschuss", dann „Die Jägersbraut" und erst nach ihrer Composition „Der Freischütz" genannt wurde) in der kurzen Zeit von kaum neun Tagen (vom 21. Februar bis 1. März.) — Wenn Weber's Tagebuch nun erst am 2. Juli die Bemerkung aufweist, „die erste Note von der Jägersbraut aufgeschrieben", so wird dies dadurch erklärlich, dass er erst dann seine Compositionen zu „notiren" unternahm, wenn Alle innerlich bei ihm klare Form gewonnen hatte. Der Notirung, einem flüchtigen, sehr karg gehaltenen Entwurfe, folgte dann endlich (oft viel später) die vollständige Ausführung, bei Orchester-Partituren die fertige Instrumentirung. —

Die Arbeit Weber's am „Freischütz" war über einen so grossen Zeitraum ausgedehnt, wie dies bei keinem seiner anderen Werke der Fall gewesen ist; denn er beendete sie erst am 13. Mai 1820, ja deren gänzlicher Abschluss trat erst ein mit der später noch nothwendig werdenden zweiten Arie Aennchen's „Einst träumte meiner sel'gen Base" am 28. Mai 1821 in Berlin, kurz vor der ersten Aufführung. Der Grund dieser langsamen Förderung des Werkes ist theils in der erwähnten grossen Bürde seiner Amtspflichten, theils in Ausführung anderer augenblicklich drängender Compositionen, sowie auch in Ereignissen seines Privatlebens zu finden. Zu den in die Zeit der Schöpfung des „Freischütz" fallenden Arbeiten gehören (um nur die bedeudendsten zu nennen) für das Jahr 1817: die Musik zuM üllner's Trauerspiel „Yngurd" für das Berliner Hoftheater; die „Zum Annentage" (im op. 53) und die grosse italienische Cantate „L'Accoglienza" zur Vermählung der Prinzessin Maria Anna Carolina von Sachsen (ungedruckt), beide letztere für den sächsischen Hof; ferner die Variationen über ein Zigeunerlied (op. 55). — Abgesehen von einem kurzen Ausfluge Weber's nach Prag, wo er die Darstellung seiner „Silvana" leitete, und einem gleichen zur Aufführung von „Kampf und Sieg" in Leipzig, steht hinsichts der aus Weber's persönlichen Angelegenheiten hervorgehenden Arbeits-Unterbrechungen am Freischütz in erster Reihe seine Vermählung am 4. Nov. 1817 und eine daran geknüpfte Kunstreise, auf welcher er in Darmstadt, Giessen und Gotha Concert gab und von der er am 20. December nach Dresden zurückkehrte. — Am 13. Sept. war Weber's dortige Stellung vom Könige in eine lebenslängliche umgewandelt worden, und nach diesem Beweise der Zufriedenheit mit seinen Leistungen konnte Weber seine Stellung jetzt als eine gesicherte und dauernde betrachten, um so mehr die liebenswürdige und geistvolle Gattin, welche nun die Bühne verlassen hatte, ihm ein Hauswesen zu gestalten verstand, das ihm jedes Glück darbot. Jeden Missklang, der von aussen her auf ihn eindrang, wusste Caroline mit ihrem liebevollen Herzen und feinem Sinne, wenn nicht ganz zu beschwichtigen, so doch in seinem Eindrucke zu mildern. Sie erfüllte so ganz den Wunsch, den Weber in liebenswürdigstem Humor im Juli 1817 brieflich von Dresden nach Prag an sie mit den Worten gerichtet hatte: „Wenn dieses so durchaus gesegnete Jahr so „gut die Weiber gedeihen lässt, wie es den Anschein vom „Weine hat, so will ich noch oft in späteren Jahren bei „einem Gläschen 1817ner ausrufen: Das war das gute Jahr, „wo mein Weibchen gedieh! Also halte Dich dazu! Lasse „Dich zeitigen von der Sonne der Wahrheit und Erkenntniss; „fülle Dich mit dem Thau der Geduld und Liebe, damit Du „unter der Kelter des Ehestandes den hellen, klaren Lebens-„wein giebst, der verjüngt, stärkt und beglückt." Auch in der Gesellschaft erschienen die Gatten als ein Paar, dessen edle, heitre und anmuthige Persönlichkeiten, wie seine beiderseitigen künstlerischen Leistungen, es zu den hervorragendsten Erscheinungen stempelten, so dass es überall fesselte und in seltener Weise geliebt und geschätzt wurde.

Während des Jahres 1818 ruhte, mit Ausnahme einiger Tage im April, das Schaffen am „Freischütz" gänzlich. Anfangs desselben schrieb Weber seine ebenso kunstreiche wie prachtvolle grosse Messe Nr. I. in Es; dann folgten den Verlegern zu liefernde Lieder-Compositionen zu den op. 53, 64 und 71. — Vom Juni bis September bewohnten Weber und seine Gattin ein einfaches, ganz schmuckloses, aber sehr schön auf der Klein-Hosterwitzer Berglehne in der Nähe des Lustschlosses Pillnitz gelegenes Winzerhäuschen, das „Felsner'sche."*) Es wurde die Geburtsstätte einer beträchtlichen Anzahl trefflicher Werke, darunter mehrere, hervorgerufen durch die auf den 20. September fallende Feier des 50jährigen Regierungs-Antritts des Königs: die grosse Jubel-Cantate (op. 58), die Jubel-Ouvertüre (op. 59), die Musik zum Schauspiel „Lieb' um Liebe" und die kleinere Cantate „Natur und Liebe" (op. 61) zum Namenstage des Königs; ferner die grosse Arie zu Cherubini's „Lodoiska" für Mad. Milder in Berlin (op. 56), die Musik zu Ed. Gehe's „Heinrich IV." und „Grillparzer's Sappho", wie die Nummern 1, 4 und 5 der reichen „Huit Pièces à 4 mains" für Pianoforte (op. 60). — Die vorgenannte „Jubel-Ouvertüre" war zu jener Regierungs-Jubel-Feier ursprünglich nicht beabsichtigt. Der Intendant des Hoftheaters hatte, ohne directen Auftrag dazu empfangen zu haben, Weber zur Composition einer grossen Jubel-Cantate veranlasst, welche zwar sofort nach den eigentlichen Jubeltagen in der Neustädter Kirche zu Dresden mit glänzendem Erfolge aufgeführt, jedoch, kurz vor der officiellen musikalischen Feier im grossen Opernhause, vom Könige abgelehnt wurde, da sie nicht von demselben direct angeordnet und durch ihren lebhaft huldigenden Text dem

---

*) Seit 1836 in seinen Räumen mit Bildniss und Autographen Weber's und einem Fremden-Album durch den Verfasser dieser Schrift versehen, seit 1865 jedoch ausserdem mit einer vergoldeten Erztafel geschmückt, zu deren Herstellung eine Anzahl pariser Verehrer des Meisters wesentlich beigesteuert haben. — Möchte diese geweihte, wenngleich durchaus bescheidene Stätte von dem deutschen Volke nunmehr als sein Eigenthum erworben werden, wie in ähnlichen Fällen es in Beziehung auf seine hervorragenden Geister vielfach so ruhmvoll geschehen ist! Wie verlautet, wird die Ausführung dieses Wunsches durch einen Verein deutscher Verehrer Weber's jetzt thatsächlich in Angriff genommen werden.

bescheidenen Sinne des Monarchen nicht genehm war. Das von Weber zu leitende feierliche Hof-Concert wies jedoch in der ihm vorgeschriebenen Anordnung ein so inhaltsloses, geradezu kümmerliches Programm auf (3 italienische Opern- und 2 instrumentale Concert-Nummern), dass Weber beschloss, noch eine eigentliche Jubel-Fest-Ouvertüre zu schreiben, deren Aufführung schliesslich ebenfalls **nur mit Schwierigkeiten** durchgesetzt wurde, obwohl sie als das einzige dem Feste würdige Kunstwerk erscheinen musste. — So enstand diese **Jubel-Ouvertüre**, die für alle Zeit und für jede bedeutsamere Feier des deutschen Volkes der unübertroffene, feurig-erhabene Ausdruck patriotischer Empfindungen geworden ist, wie dies auch die jüngste Aufführung bei Einweihung der Universität Strassburg am 1. Mai d. J. erwiesen hat. — So entschädigte das Geschick Weber für den Schmerz, mit seiner Cantate zurückgewiesen zu werden, durch ein Werk, dem die Unsterblichkeit gesichert ist.

Der 4. Januar **1819** brachte dagegen die Vollendung einer kleineren **Messe**, Nr. II. in G, zur Feier der goldenen Hochzeit des Königspaares am 17. d. Mts. — Doch kaum hatte Weber im März die Composition des „Freischütz" wieder zur Hand genommen, als ihn schon der 21. d. Mts. auf ein ernstes Krankenlager warf, von dem er sich erst Ende April wieder erhob; und wie **ein Schlag** fast nie allein kommt: zur selben Zeit starb ihm ein Kind, und sein edler Gönner und Chef, Graf Vitzthum, nahm seine Entlassung. Das waren traurige Ereignisse. So zog denn der sich nur sehr langsam erholende Meister Anfangs Mai wieder nach seinem lieben Hosterwitz. Erst im Juni aber konnte er sich dort nach und nach mit leichteren Arbeiten beschäftigen, wie Clavier-Auszügen von Abu-Hassan, Jubel-Cantate, Jubel-Ouvertüre und Anderem. Der Schluss jenes Monats brachte endlich wieder das erste neue Werk, das brillante Es-dur-Rondo (op. 62), dem nun im Juli und August bei erfrischten Kräften eine Reihe der bedeutendsten seiner Pianoforte-Compositionen folgten, wie: die epochemachende „Aufforderung zum Tanze", das grosse Trio mit Flöte und Cello (op. 63). die glanzvolle E-dur-Polacca (op. 72), die Nummern 2, 3, 6, 7 und 8 der schon genannten „Huit pièces à 4 mains", die Sätze I und II der grossen E-moll-Sonate (op. 70) und eine Anzahl von Liedern, unter denen das unvergleichliche „Das Mädchen an das erste Schneeglöckchen" (Nr. 3 in op. 71.) — Am 7. September beendigte Weber den Sommeraufenthalt in Hosterwitz, der so viel edelster Früchte gereift hatte, und kehrte, wie es schien, neu gekräftigt nach Dresden zurück. In diese Tage fiel zugleich die für ihn wichtige Nachricht von Seiten des Grafen Brühl, dass dieser die Aufführung des „Freischütz" für Berlin erwünsche, und so griff denn der Meister auf's Neue zu dem lang verlassenen Werke. Am 23. October begann er sogar dessen Instrumentirung und hatte es zum Schlusse des Jahres im Ganzen so bedeutend gefördert, dass zu seiner Vollendung wenig mehr als der dritte Act und die Ouvertüre fehlten.

Die Arbeit am „Freischütz" wurde freilich Anfangs des Jahres 1820 bis tief in den Februar hinein durch allerlei ungünstige Umstände, selbst durch erneutes Kränkeln Weber's wiederum zurückgedrängt; dazu kamen noch die Besuche von Mozart's Sohn und Hummel, um in Dresden zn concertiren; ja, am 14. März gelangte das Schauspiel „Preciosa" in seine Hände, zu welchem die Musik für Berlin zu schreiben er dem Grafen Brühl zugesagt, und sogar die Composition einer neuen komischen Oper „Die drei Pintos" wurde mit dem Dichter derselben, dem damaligen Hof-Theater-Secretär Winkler (pseud. Theod. Hell) verabredet; der März fand Weber aber auf's neue der Arbeit am „Freischütz" hingegeben. Mitte April bezog er ein stilles Landhaus in „Kosel's Garten" in Antonstadt-Dresden in der Nähe des sogenannten „Linke'schen Bades" und in diesem Landhause, (das jetzt abgebrochen ist, eben so wie das Ceccarelli'sche im ehemaligen „italienischen Dörfchen" zu Dresden, worin der „Freischütz" begonnen wurde) — hier war es, wo Weber am 13. Mai das Werk vollendete, das ihm unsterblichen Ruhm zu bereiten bestimmt war. Wie eigenthümlich und sympathisch spricht uns nach Abschluss der bewunderungswürdigen Schöpfung dieser Oper der naive Ausruf an, den am darauf folgenden Tage der sonst rastlos und leider übermässig Arbeitsame in seinem Tagebuch thut, wo es heisst: „14. Mai. Sonntag — gefaullenzt!" — Aber nicht volle vierzehn Tage waren verflossen, da sass der Meister bereits über einem neuen Gebilde, das, ähnlich wie der Freischütz, später zum Lieblinge seines Volkes werden sollte; es war die seelenvolle, frische, farbenglühende Musik zu Preciosa, die am 25. Mai begonnen und, so äusserlich umfangreich die Arbeit war, doch schon am 15. Juli vollendet wurde, obgleich nebenher, sogar schon zwei Tage nach dem Beginn der Preciosa, auch die neue Oper „Die drei Pintos" ernstlich in Angriff genommen worden war. Weber kehrte zwar zu diesem letzteren Werke, besonders im Laufe des Jahres 1821 wiederholt zurück, ja noch 1824, wie sein Tagebuch am 20. September mit dem einzigen Worte: „Gepinto't" meldet — dennoch gelangte es später nicht zur Vollendung. Die skizzirten Fragmente dieser Pinto's lassen deutlich erkennen, dass hier eine ebenso reizende, wie geniale Schöpfung auf dem Felde der komischen Oper leider unvollendet geblieben ist. — Da unterdess der Freischütz zu der im neuen Schauspielhause zu Berlin zuerst zu gebenden Oper bestimmt worden war, die Eröffnung desselben aber bis zum Mai 1821 verschoben wurde, so benutzte Weber den ihm 1820 zustestehenden Urlaub zu einer grösseren Kunstreise zwischen dem 25. Juli und 3. Nov. d. J., auf welcher er in Halle, Quedlinburg, Göttingen, in der Stadt und am Hofe zu Oldenburg, in Bremen, Eutin, Ploen, in Frederiksborg am königlich dänischen Hofe, in Kopenhagen, Lübeck, Hamburg, Braunschweig vierzehn Concerte gab, die ihm reichlich Ehre und äusseren Gewinn brachten. Auch waren es vielfache persönliche Beziehungen, die ihn dabei freudig erregen mussten, wie z. B. die höchst gütige und ehrenvolle Aufnahme seitens des dänischen Königspaares. Auf dieser Reise war es auch, wo er zweimal seine wunderbare Ouvertüre zum „Freischütz" mit enthusiastischem Beifall öffentlich aufführte, zum ersten Mal überhaupt am 8. Oct. zu Kopenhagen, zum zweiten Male am 31. zu Braunschweig; zum dritten und letzten Male, ebenfalls noch vor der Aufführung der Oper selbst, gab er sie im Concerte seines alten Münchener Freundes Heinrich Baermann am 18. December in Dresden.

Der Anfang des Jahres 1821, des für Weber ruhmreichsten, führte dem musikalischen Pädagogen in ihm eine besonders dankbare Aufgabe zu: die Ausbildung eines ausgezeichnet begabten Kunstjüngers, Julius Benedict aus Stuttgart, der, als Weber's Schüler, ihm bald in seltener Verehrung und Liebe ergeben war und dies bis auf den heutigen Tag geblieben ist, wo er in London, von der Königin zum Ritter und Baronet erhoben, als gefeierter Künstler, Operncomponist

und Capellmeister der Königin, das Andenken seines Meisters
in rührender Weise hochhält; auf Weber's Reisen nach Berlin
im Jahre 1821 und Wien im Jahre 1823 war er dessen
treuer Begleiter. — In den Anfang des Jahres 1821 fällt
auch Weber's Idee zu einem grossartigen „Concertstück"
für Pianoforte mit Orchester (op. 79) mit gewissermassen
dramatischem Hintergrunde; jedoch erst am Tage der ersten
Aufführung seines Freischütz zu Berlin wurde es vollendet
und zunächst in Berlin am 25. und 29. Juni und in Dresden
am 30. November mit begeistertem Beifalle von ihm vorgetragen; denn hohe virtuose Ausbildung und seelenvollster
Ausdruck hielten sich in seiner zugleich originalen Behandlung des Instruments die Wage. Dies „Concertstück" voll
reizender Pracht bringt jene Eigenschaften auf glänzendste
Weise zur Erscheinung. — Unter der Beschäftigung mit dieser
Composition trat Weber am 2. Mai 1821 die glorreiche Reise
nach Berlin an, um dort endlich seinen „Freischütz" einzustudiren und aufzuführen, jene Oper, mit welcher eine neue
Epoche des musikalischen Dramas in Deutschland beginnt.

Obwohl voll ruhigen Vertrauens zu seinem Werke, kam
Weber doch in etwas gespannter Erwartung am 4. Mai nach
Berlin. — Denn wenn auch durch die vorhergegangenen
Aufführungen der „Preciosa" daselbst (die erste am 14.
März d. J.) das sofort davon eroberte Publicum in glücklichster
Form zu dem durchaus neuen, ungeahnten Eindruck vorbereitet worden war, den es durch den Freischütz bald empfangen sollte, so hatte doch Weber eine klare Einsicht in
die Eigenartigkeit seiner Oper, wenn er am 26. März
an Lichtenstein schrieb: „Es freut mich sehr, auch von
„Dir zu hören, dass die Preciosa durchaus gefiel; sie ist
„ein guter Vorläufer für den Freischützen, denn es war
„doch manches Gewagte darin nach gewöhnlicher Handwerks-

„Ansicht." — Wenn so durch Preciosa, in Verbindung mit dem warmen Andenken an den Sänger der Lieder aus „Leyer und Schwert", einerseits der Boden für eine günstige Aufnahme des „Freischütz" in Berlin geebnet schien, so erwies sich dieser Boden anderseits doch keineswegs frei von Schwierigkeiten und Hindernissen, zumal durch die ausgesprochene Neigung eines gewissen Theiles des Berliner Publicums für den eben in hoher Blüthe stehenden Rossini und durch den Einfluss des derzeitigen musikalischen Alleinherrschers in Berlin, des stolzen, auf jedes deutsche Verdienst besonders eifersüchtigen Spontini. Durch die Berliner Aufführung von dessen „Olimpia" im April d. J. waren die Parteien noch schärfer geschieden, und so hatte der Tag der ersten Aufführung des „Freischütz" allerdings eine höhere Bedeutung gewonnen, insofern er geeignet war, als Moment zu gelten, wo die deutsche Kunst, der fremdländischen gegenüber, den Kampfplatz betreten sollte. — In welcher Weise der deutsche Meister das Feld behauptete — wem ist es nicht bekannt geworden? Ziemlich lange schon sind Spontini's Werke im Allgemeinen von der Bühne verschwunden, selbst sein vollendetstes ist zur Seltenheit darauf geworden, während Weber's ewig junger Freischütz auf allen Theatern Deutschlands nicht nur begeisterte Hörer zu sich versammelt, sondern über Deutschland hinaus fast die ganze civilisirte musikalische Welt mit ungeschwächter Wirkung fesselt. Der Erfolg des „Freischütz" bei seiner ersten Aufführung in Berlin am 18. Juni 1821 war ein beispielloser, nie dagewesener, vom Palast bis zur Hütte gleich gross. Nicht nur, dass der Freischütz als die deutscheste aller Opern erkannt wurde, man empfand auch, wie durch ihn zugleich die romantische Oper erst wahrhaft begründet worden, und zwar in edelster, vollkommenster und allgemein verständlicher Weise. Das war der Grund seines Fluges um den Erdball! Denn ist es nicht ein solcher, wenn wir unter den Punkten, wohin seine Weisen notorisch gedrungen sind (um nur die äussersten Grenzen seiner Verbreitung anzudeuten), neben Berlin noch nennen Wien, Paris, London, St. Petersburg, Moskau, Stockholm, Mailand, Rom, Neapel, New-Orleans, Valdivia (Chile), Sidney (Ost-Australien), Orkadische Inseln und Hudsons-Bai? — Dass der Freischütz auf's Tiefste den deutschen Geist berührt, das ist seine vornehmste Eigenschaft; und wo fände sich dieser Geist nicht, sei es auch noch so fern, diesseits und jenseit des Oceans; denn er ist der Geist der Wahrheit, der Einfachheit und Tiefe! — — Weit entfernt, von solchem Erfolge in die Bahnen unseliger Selbstüberschätzung geschleudert zu werden, kehrte Weber freudig dankbar in sein bescheidenes Heim zurück, ja er empfand es schmerzlich, dass gerade durch den grossen, Spontini's Eifersucht scharf erregenden Erfolg nun jede Aussicht geschwunden war, neben diesem Manne in Berlin die von ihm so lange schon erwünschte Stellung unter seinem gütigen Freunde und Beschützer, dem verständnissvollen General-Intendanten Grafen Brühl zu gewinnen. — Kaum wieder in Dresden, wendete Weber sich sofort zur Weiterführung der Composition der Pinto's; aber wieder forderte schon der September zum Geburtsfest der Schwägerin seines Königs, der Prinzessin Amalie von Zweibrücken, eine ziemlich umfangreiche Cantate, die am 26. aufgeführt wurde, und so wurde die Arbeit an den Pinto's unterbrochen. In diese Zeit fällt die Erhöhung seines bisherigen Gehaltes von 1500 Thlrn. um jährlich 300 Thaler.

Unterdess hatte in Wien der Freischütz eingeschlagen und gezündet, und so erhielt Weber, in Folge dess, schon am

13. November 1821 durch Barbaja, den Pächter des dortigen kaiserlichen Kärnthnerthor-Theaters, die förmliche Aufforderung, eine neue Oper für dasselbe zu schreiben. Unter einer namhaften Anzahl von Opern-Süjets wählte der Meister nach längerer Erwägung schliesslich das von Helmina von Chezy ihm vorgeschlagene: „Euryanthe." Schnell zwar ging Helmina an die dichterische Ausführung des Werkes; aber obwohl sie den ersten Akt Weber'n schon am 15. December vorlegte, so erfolgte doch der vollständige Abschluss des Buches erst sehr viel später und nachdem namentlich der dritte Akt eine ganze Anzahl von Umarbeitungen erfahren hatte und Weber in der Composition der beiden ersten Akte schon ziemlich weit vorgeschritten war. Nicht dass der dichterische Ausdruck Weber im Allgemeinen nicht zugesagt hätte; er enthielt ja viel Schönes, Musikalisches, ihn grade besonders Anmuthendes; nein, die Fabel selbst barg in ihrem Angelpunkte einer dramatischen Verwendung so wesentlich Zuwiderlaufendes, die Versuche dies zu verbessern, brachten so grosse Schwierigkeiten, ja erwiesen sich von so unüberwindlicher Natur — dass die Gestalt der Dichtung schliesslich der Art festgehalten werden musste, wie sie jetzt mit der Composition vorliegt und wie sie dem Gesammteindruck der Oper unleugbar schadet. — Was Weber an das Süjet fesselte, waren gewichtige Gründe: Die Handlung bewegte sich auf dem ihm heimischen Boden des Romantischen, Ritterlichen; vier, scharf von einander geschiedene Charaktere waren ein günstiger Vorwurf für seine im Individualisiren besonders mächtige Fähigkeit; und dann — war Euryanthe eine grosse Oper. Seine Gegner, wenn deren Zahl jetzt auch eine kleinere war, hatten doch den Freischütz für kaum etwas mehr als ein „Singspiel" erklärt; in Rücksicht darauf wollte

Weber es ausser Zweifel setzen, dass seine Kraft auch einer grossen Oper gewachsen sei. — Alles dies hatte ihn für Euryanthe eingenommen und ihn allzusehr hoffen lassen, dass die Dichterin bei ihrer Begeisterung für die Sache und ihrer Geschicklichkeit die bedenklichen Punkte ihrer Aufgabe, welche dem scharfblickenden Weber sicherlich nicht entgangen waren, endlich überwinden werde. Doch er hatte sich hierin getäuscht, und als er das erkannte, war die Composition schon zu weit vorgeschritten, um einen anderen Stoff zu ergreifen; wenn nun Euryanthe, das Grossartigste, was Weber geschaffen, in der grossen Welt nicht den allgemein siegenden Erfolg hatte, wie der Freischütz, so lag das hauptsächlich in den Mängeln des Gedichts. — Um so bewunderungswürdiger ist die Leistung des musikalischen Künstlers. Denn bei einer ganz neuen Welt der Instrumentation hat er in ihr das Grossartigste, Erschütterndste niedergelegt, was die neuere Kunst aufzuweisen hat, hat er ein Werk geschaffen, das namentlich für die Neuentwicklung der Opercomposition die eigentlichen Grundvesten bildet. Auf Euryanthe gestützt und in ihrem Geiste weitergehend, haben die neuesten epochemachenden musikalischen Bühnenwerke Gestalt und Lebensfähigkeit gewonnen; vom lebendigen Hauche der Euryanthe durchdrungen üben diese modernen Musikdramen einen eigenthümlichen Zauber aus, der die Jetztwelt im Allgemeinen leicht die Quelle übersehen lässt, aus welcher er ursprünglich fliesst. Wie der „Freischütz" sich wendete an die Innigkeit, Reinheit und Frische des deutschen Volkes, an seine Liebe zum Wunderbaren und Dämonischen, und wie er eben deshalb in seiner Allgemeinverständlichkeit vom ganzen Volke mit Begeisterung ergriffen wurde, so traf nun „Euryanthe" die Welt der Künstler selbst und ganz unmittelbar, und so haben beide Opern, Freischütz und Euryanthe, nächst Zauberflöte, Don Juan und Fidelio, auf deutsches Volk und deutsche Kunst folgenreicher gewirkt, als jemals irgend welche andre.

Bevor Weber an die Composition der neuen Oper gehen konnte, war es nöthig, in Wien das Sängerpersonal kennen zu lernen, welches dieselbe später ausführen sollte; auch hatte man ihn eingeladen, den „Freischütz" dort selbst zu dirigiren. — Nachdem am 26. Januar 1822 letztere Oper bei ihrer ersten Aufführung auch in Dresden mit Enthusiasmus aufgenommen war, reiste Weber am 11. Februar nach Wien, wobei er auf der Durchreise in Prag ebenfalls den Freischütz bei gleichem Erfolg dirigirte und er zugleich Henriette Sontag, für die er die Euryanthe zu schreiben hatte, als „Agathe" kennen lernte. Nach seiner Ankunft in Wien enthält sein Tagebuch vom 19., an welchem Tage er den „Freischütz" dort zum ersten Male gehört, nichts, als: „Um 6 Uhr „ins Theater. Freischütz. Ach Gott!" — letztere Worte dreimal unterstrichen — ein genügendes Zeugniss für dessen in der That unglaubliche Entstellung. Es war klerikale Befangenheit, die dem Werke derart zu nahe getreten, dass es kaum wieder zu erkennen war, obwohl Wilhelmine Schröder, die spätere Schröder-Devrient, die „Agathe" gab. Nun wurde dem Componisten gestattet, der Oper einigermassen ihre eigentliche Gestalt (z. B. den Samiel und das Kugelgiessen) zurückzugeben, und unter unglaublichem Jubel des Publicums und begeisterten Huldigungen der ausführenden Künstler ging sie auf's neue am 7. März zum Benefiz der Schröder in Scene, wonach er in einem Briefe an Lichtenstein ausruft: „Der ver„dammte Freischütz wird seiner Schwester Euryanthe „schweres Spiel machen, und manchmal bekomme ich fliegende „Hizze, wenn ich daran denke, dass der Beifall eigentlich

„nicht steigen kann. Nun, wie Gott will, ich thue, was ich
„nicht lassen kann, wie ich immer gethan, und schaue nicht
„rechts noch links, sondern auf das mir selbst gesteckte Ziel."
— Am 19. gab Weber Concert, nachdem er neun Tage wegen
ernstlichen Halsübels das Haus hatte hüten müssen, und am
21. verliess er Wien, in welchem er den Hauptzweck seiner
Reise, Kenntniss seines Euryanthen-Personals, vollständig
erreicht und eine Menge ausgezeichneter Persönlichkeiten
kennen gelernt hatte, darunter: Erzherzog Carl, Salieri, Sey-
fried, Franz Schubert, Grillparzer, Castelli, Saphir, Kanne
(Kritiker) und Steiner, letzterer der spätere Verleger der
Euryanthe. — Am 26. März wieder in Dresden, hielt ihn ein
erneutes Unwohlsein vom Beginne der Arbeit an Euryanthe
bis in den Mai hinein fern. Inzwischen wurde ihm am 25.
April ein Sohn geboren, Max Maria, jetzt (1872) k. k.
Hof- und Ministerialrath und technischer Rath im k. k. Han-
dels-Ministerium zu Wien. In der Literatur seines Faches,
wie als Belletristiker ausgezeichnet, hat er auch durch sein
höchst verdienstvolles Werk über seinen Vater*) diesem ein
ebenso bedeutungsvolles Denkmal gestiftet, als der Kunstge-
schichte die reichste Quelle über denselben erschlossen. —
Erst nachdem Carl Maria am 15. Mai sein stilles Hosterwitz wieder erreicht, begann die Composition der Euryanthe
mit dem Entwurfe von Adolar's As-dur-Arie „Wehen mir
Lüfte Ruh"', welchem bis Anfangs August die Entwürfe von
acht anderen Nummern folgten. In diese Zeit fiel die Einstudirung der Preciosa für Dresden, das Gastspiel der
Schröder-Devrient, ferner die Vollendung der letzten seiner
vier grossen Pianoforte-Sonaten, der meist tief schwermüthi-

---

*) Max Maria von Weber: „Carl Maria von Weber. Ein Lebensbild."
3 Bände. Leipzig E. Keil. 1864—1866.

gen in E moll (op. 70) (seiner letzten Composition für dies Instrument) und die vollständige Umarbeitung seines 1811 componirten Fagott-Concerts (op. 75). — Von Hosterwitz Ende Sept. nach Dresden zurückgekehrt, schwieg nun Euryanthe bis Ende October, und kaum war Weber am 24. d. Mts wieder daran gegangen, so musste er eine Fest-Cantate zur Vermählung des Prinzen, jetzigen Königs Johann von Sachsen schreiben, die am 14. November vollendet und am 23. aufgeführt wurde. Im December gelangte die Frage wegen einer neuen Oper für London an ihn, die natürlich vorläufig eine offne blieb, und erst, nachdem Weber zwischen dem 6. und 9. Januar 1823 abermals eine Festmusik (diesmal für die Prinzessin, nachmalige Königin Therese von Sachsen) geschrieben hatte, konnte er endlich am 16. d. Mts. auf's Neue an sein grosses Werk gehen, das er von nun an nicht mehr verliess. Namentlich während seines Aufenthaltes in Hosterwitz zwischen Mai und September schuf er unablässig daran und brachte es am 29. August daselbst zum Abschluss, mit Ausnahme der Ouvertüre, welche er erst kurz vor der Aufführung in Wien componirte. Der Zeitraum, welchem die Arbeit an der Euryanthe gewidmet war, bedarf noch einer besonderen Erwähnung, da er auf das Unwiderleglichste Zeugniss giebt für Weber's seltne Schöpferkraft; denn er gebrauchte zur Herstellung dieses mächtigen Werkes, seines umfangreichsten, (ausschliesslich der Ouvertüre): elf Monate (1822: von Mitte Mai bis Mitte August und drei Tage im October, 1823: von Mitte Januar bis Ende August.) Die Instrumentirung an und für sich vollzog er, während dieser Zeit, in 43 Tagen, und zwar die des ersten Actes „in zwölf Tagen", wie dies in seinem Tagebuch und in der Original-Partitur auch ausdrücklich von ihm bemerkt ist.

Unterdessen hatte Weber im März 1823 seinen „Abu Hassan" in Dresden einstudirt, dann aber auch Fidelio, der mit hinreissender Wirkung am 29. April, in der Titelrolle von der nunmehr in Dresden engagirten Schröder-Devrient, gegeben wurde. Dass alle Briefe, die laut Weber's Tagebuche zwischen ihm und Beethoven bezüglich dieser Aufführung gewechselt wurden, mit Ausnahme eines einzigen von Weber, spurlos verschwunden sind, ist sehr zu beklagen. Im Tagebuche heisst es am 11. August auch: „Sonate und Variationen von Beethoven erhalten" — welche ihm Beethoven übersandte, ist nicht angegeben.

Am 16. September reisste nun Weber zur Aufführung der Euryanthe nach Wien. — Bei seiner Durchreise durch Prag sicherte ihm der dortige Theaterdirector Holbein freiwillig, statt der für Euryanthe in Prag von ihm geforderten dreissig Ducaten, deren vierzig zu, und mit komischem Pathos ruft Weber in seinem Tagebuche aus: „Rara avis in terra!" Nach seinem Eintreffen in Wien am 21. begegnete ihm Alles auf das Zuvorkommendste, namentlich das unter ihm bei Einstudirung der Oper wirkende Sänger-, Musiker- und Chor-Personal; die Proben glichen einer Reihe von Huldigungen für ihn. Den Glanzpunkt so vieler Beweise von Zuneigung und Achtung bildete der Erfolg seines Besuches bei Beethoven am 5. October, der ihn mit rührender Herzlichkeit empfing und mit welchem Weber einen Tag in Baden bei Wien verlebte, von dem er seiner Gattin schreibt: „Dieser Tag wird mir „immer höchst merkwürdig bleiben. Es gewährte mir eine „eigene Erhebung, mich von diesem grossen Geiste mit solcher „liebevollen Achtung überschüttet zu sehen." — Differenzen mit der Dichterin der Euryanthe wegen immer neuer, von derselben an Weber gerichteter pecuniärer Anforderungen trübten zwar jene angenehmen Verhältnisse in etwas; doch nachdem er am 19. die Ouvertüre beendigt hatte, wurde „Euryanthe" am 25. October zum Ersten Male mit Furore gegeben. Weber dirigirte diese erste und die beiden folgenden Vorstellungen; die vierte fand unter Conrad Kreutzer statt, und in diesen vier Vorstellungen wurde Weber vierzehn Male gerufen. Es war das ein seltner Erfolg; er wurde aber trotzdem damals zu keinem nachhaltigen, da man die Oper nach zwanzig Vorstellungen vorläufig zurückstellte, worauf sie freilich später (so auch 1871) in Wien wiederholt einstudirt wurde. — Dass Euryanthe, ungeachtet der trefflichen Aufführung, namentlich ungeachtet der herrlichen Sontag in der Titelrolle, dennoch gerade in Wien nicht vollkommen durchdrang, war wohl darin begründet, dass die tiefe und vornehme Musik dieser Oper nicht geeignet war, die Masse fortzureisen, welche kurz vorher von Rossini's durch italienische Sänger ersten Ranges in höchster Vollkommenheit vorgeführte Opern verwöhnt und verweichlicht worden war. Euryanthe in ihrem ganzen Werthe zur Geltung zu bringen, war erst den Aufführungen in Dresden, besonders aber denen in Berlin vorbehalten. — Nachdem Weber am 1. November vom Kaiser Franz in einer Audienz auf das Schmeichelhafteste empfangen worden, reiste er am 5. ab, dirigirte in Prag die 50ste Vorstellung des „Freischütz" und wurde in Dresden zum Schluss seines ruhmvollen Wiener Ausfluges bei einer Probe am 13. vom gesammten Theater-Personal feierlich begrüsst. — — Nun aber trat vom 19. October 1823 bis zum 23. Januar 1825 eine fast fünfzehn Monate lange Pause in seinem Schaffen ein; denn nichts als eine kleine französische Romanze von 23 Tacten „Elle était simple et gentillette" verdankt dieser Zeit ihre Entstehung. Einerseits war wohl die Anspannung eine zu grosse gewesen, andrerseits drückten Urtheile über Euryanthe, denen hier Verständniss, dort Wohlwollen abging, den ohnehin schon lange körperlich immer mehr und mehr Leidenden vollends nieder. — Diese Ermüdung, diese zur Abspannung gewordene Anspannung Weber's finden einen wehmuthsvollen Wiederhall, der fast den Charakter einer Ahnung frühzeitigen Todes annimmt, in einem Briefe an einen seiner ältesten salzburger Jugendfreunde, Ignaz Susann, wo es heisst: „Ich durchlebe noch einmal in der „Erinnerung jene schöne Zeit, wo man sich glücklich fühlt „so viel zu wollen, und sich das Vollbringen gar so herrlich' „denkt. Wie oft enthielten meine höchsten Wünsche, die ich „für unerreichbar hielt, das nun Erreichte, und um wie vieles „schob sich doch das wahre schöne Ziel immer weiter und „weiter hinaus in meiner Ueberzeugung, und wie wenig ge„nügte ich mir selbst in dem, was Anderen zu genügen scheint. „— Glaube mir, ein hoher Beifall lastet wie eine grosse „Schuldforderung auf der Seele des Künstlers, der es redlich „meint, und er bezahlt sie nie, wie er wohl möchte. Was die „Erfahrung zulegt, nimmt die dahin schwindende Jugendkraft „wieder hinweg, und nur der Trost bleibt, dass Alles „unvollkommen ist, und man that — was man thun „konnte." —

Im Januar 1824 fügte Weber zu den schon in Wien ihm abgedrungenen Kürzungen der Euryanthe noch eine hinzu, welche für die erste Scene des dritten Akts von Berlin aus gewünscht wurde, welche Kürzungen aber später in Wien durch Kreutzer und noch später an vielen Orten durch Andre bis ins Unglaubliche, und leider zum schweren Schaden des Werks vermehrt worden sind. — Anfangs März schrieb Weber seinen ausgezeichneten Aufsatz über musikalische Tempi als Vorwort zu der für die höchst gelungene Aufführung von Euryanthe zu Leipzig am 24. Mai 1825 von ihm vorgenommenen ausführlichen **Metronomisirung** dieser Oper*). — Am 31. März 1824 ging Euryanthe in **Dresden** mit der Schröder-Devrient unter Weber's Direction mit stürmischem Jubel in Scene und sein erheiterter Blick richtete sich nun nach **Berlin**, wo die Oper mit Sehnsucht erwartet wurde. Aber bis es zur berliner Aufführung kam, sollten von dorther viel bittere Tropfen in den ohnehin schon herben Lebenskelch des Meisters fliessen. Mit April des Jahres 1824 eröffnete sich nämlich jene unselige Correspondenz zwischen ihm und Spontini, welcher in dieser Zeit allmächtiger denn je zu Berlin herrschte und sich nicht scheute, in seiner Eifersucht gegen den von aller Welt gefeierten deutschen Meister die Euryanthe über zwei Jahre von der dortigen Bühne mit allen ihm zu Gebote stehenden Mitteln fern zu halten. — Unterdess führte Weber am 6. Juni in besonderer Vortrefflichkeit Haydn's „**Jahreszeiten**" zum Besten der abgebrannten Stadt Schwarzenberg im grossen Opernhause zu Dresden mit einem Reingewinn von 1000 Thalern auf. Er selbst nennt diese Aufführung in seinem Tagebuche „über alle Maassen herrlich!" Am 11. Juni aber erhielt er, als der verehrteste Tonmeister des deutschen Vaterlandes, die Einladung, das grosse vom 1. bis 3. Juli fallende **Musikfest** in **Quedlin**-

---

*) Zuerst durch mich veröffentlicht in Nr. 8 der Breitkopf & Härtelschen Leipziger Allgemeinen Musik-Zeitung von 1848 als: „**Tempo-Bezeichnungen** nach Mälzl's Metronom zur Oper **Euryanthe.** Gegeben von C. M. v. Weber, nebst dazu gehörigem Aufsatze von ebendemselben," später in meinem hier pag. 11 unten erwähnten Buche: „Carl Maria von Weber in seinen Werken", pag. 374 und 375, wie ferner in der v. Prof. E. Rudorff herausgegebenen, bei Schlesinger (Lienau) in Berlin erschienenen gestochenen Partitur der Oper. — **Leider aber fast überall bei den Aufführungen der Oper seitdem wenig oder gar nicht beherzigt!** D. Verf.

burg zu leiten, welches dort zu Ehren von Klopstock's hundertstem Geburtstage gegeben werden sollte. Der Einladung folgend, übertraf Weber noch die schon ohnedies hochgespannten Erwartungen und wurde dabei mit Beweisen von Verehrung und Liebe überschüttet. Die Berichte aus jener Zeit sprechen namentlich von der Ausführung des 3. Theiles des Messias und der Eroica in Ausdrücken wahrhaft begeisterter Anerkennung. — Am 11. Juli war Weber bereits in Marienbad, um dort bis zum 11. August behufs einer ernsten Cur zu verweilen, von der er jedoch mit wenigem Erfolge für seine Gesundheit zurückkehrte. In Hosterwitz fand er eine bestimmte Aufforderung von Kemble, dem Director des Londoner Coventgarden-Theaters, vor, eine neue Oper für diese Bühne zu schreiben. Deshalb war ihm die Ankunft Moscheles' in Dresden doppelt willkommen, da dieser in die Londoner Kunst- und Theater-Verhältnisse genau eingeweiht war und sich ihm sofort in warmer Verehrung anschloss, die sich nicht nur bei Weber's Anwesenheit in London und unmittelbar nach dessen Tode daselbst, sondern bis zum eignen 1870 erfolgten Hintritt treu bewährte. — Es war Weber rücksichtlich der neuen Oper zwischen „Faust" und „Oberon" die Wahl gelassen worden. Er wählte „Oberon." Sofort schritt er, wie immer, energisch dem gesteckten Ziele zu. Mit richtigem Tacte fühlte er, dass eine Oper für das englische Volk auch nur in englischer Sprache componirt werden müsse. Um dem zu genügen, unterwarf er sich den ernstesten Sprachstudien, (153 englischen Lehrstunden zwischen dem 2. October 1824 und 11. Februar 1826, fünf Tage vor seiner Abreise nach London) für deren Erfolg anzuführen ist, dass ihm von den Engländern die schmeichelhaftesten Aeusserungen über sein Englisch zu Theil wurden, wenn nicht der in dieser Sprache componirte Oberon als das redendste Zeugniss für die Erreichung seines Zieles gelten müsste.

Schon zu Ostern 1825 sollte die Oper zu London in Scene gehen; bis dahin waren nur noch sechs Monate. Als aber die Zusendung des ersten Akts von England aus erst am 30. December 1824 erfolgte, wurde die Aufführung bis auf Ostern 1826 hinausgeschoben. Still beschäftigte sich Weber, (nach Empfang des zweiten Akts am 18. Januar 1825) mit der Composition. Das Tagebuch sagt am 23: „die ersten Ideen zu Oberon gefasst." Doch schon der 2. Februar brachte eine neue Aufgabe, die Bearbeitung von zehn schottischen Nationalgesängen, zu denen Begleitung, Vor- und Nachspiel für Pianoforte, Violine, Violoncell und und Flöte zu schreiben waren. Georg Thomson in Edinburgh gab nämlich seit langen Jahren eine grosse Sammlung schottischer Lieder (Songs) heraus, von denen viele auf seinen Wunsch durch Haydn, Beethoven, Hummel oder andere deutsche Meister bearbeitet worden. Jetzt forderte er Weber zu der gleichen Arbeit auf, die schon um der ausgezeichneten Vorgänger willen erfreulich und lockend war. Weber ging sofort an die Ausführung, die jedoch erst im Juli beendet wurde. Inzwischen hatte schon der 27. Februar das Erste an Entwürfen zu Oberon gebracht: den zu Hüon's Arie Nr. 5, bald darauf die zum Elfenchor Nr. 1, zu Nr. 3 und 4. — Doch anfangs April trat plötzlich die Krankheit unseres Meisters, ein Lungenleiden, auf das Bedenklichste in den Vordergrund; alle Arbeit wurde vorläufig zurückgestellt, im April schon ein Sommerhaus [wieder in „Kosels Garten", jedoch ein andres als das im Jahre 1820 bewohnte*)] bei Dresden be-

---

*) Dies Sommerhaus liegt in dem Garten der Villa in Antonstadt-Dresden, Holzhofgasse Nr. 11, unmittelbar an der Elbe, nahe dem soge-

zogen und dann zu einer Cur in Ems geschritten, wohin Weber am 3. Juli auf zwei Monate ging. Auf der Reise dahin sprach er abermals bei Goethe ein; in Ems aber fand er einen erlesenen Kreis, der ihn mehr in Anspruch nahm, als ihm zuträglich war, darunter: die Kronprinzessin Elisabeth von Preussen, den Prinzen Friedrich, nachmaligen König von Sachsen, P. A. Wolf, den Dichter der Preciosa, die berühmte Sängerin Milder etc., und hier empfing er auch den Besuch von Kemble und Sir George Smart, dem Director der „Royal-Musik-Band" zu London, welcher Letztere ihn einlud, dort bei ihm Wohnung zu nehmen. Auf der Rückreise aber genoss er zu Frankfurt die Freude feierlichen Empfangs gelegentlich einer Aufführung der Euryanthe, bei der man den Hochgefeierten, „mit Trompeten- und Paukenschall" (wie das Tagebuch meldet) begrüsste. — Am 1. September wieder in Dresden auf seinem Sommersitz in Kosels Garten angelangt, griff Weber nun mit ganzer, ihm noch zu Gebote stehender Kraft zum „Oberon"; schon am 8. begann er dessen Instrumentirung und überhaupt wurde die Arbeit namhaft gefördert trotz zeitraubender Vorbereitungen zur Aufführung von Spontini's (!) Olimpia, die zur Feier der Vermählung des Prinzen Maximilian von Sachsen am 12. November in Scene ging, und für welche Weber sogar noch Musik und Recitative zu einer ein-

---

nannten „Linke'schen Bade". Zum Andenken daran, dass namentlich Weber's Conception des Oberon zum grössten Theile diesem Gartenhause zugehört, hat der Besitzer desselben in schöner Pietät gegen das Andenken unseres Meisters es mit feinem Sinne zu einer bedeutungsvollen Erinnerungsstätte an ihn gestaltet. Eine Inschrift unter dem Frontispice des Hauses schmückt dasselbe; Gemälde zu Freischütz, Euryanthe, Oberon in dessen Vestibül, in den Zimmern Bildnisse, Gipse, musikalische wie briefliche Autographe, Medaille, Locke Weber's, neben andern auf ihn bezügliche Reliquien stempeln die einst von ihm bewohnten Räume zu einem weihevollen Ganzen, das jedem Besucher offen stehen wird.

gelegten Schluss-Scene componiren musste. Solcher Störungen ungeachtet waren am 18. November von den drei Akten des Oberon die beiden ersten (ausschliesslich des zweiten Finale) vollendet. Jetzt trat jedoch eine neue und wichtige Unterbrechung des Schaffens am Oberon ein: die Einstudirung und Leitung der Euryanthe zu Berlin, die endlich, nach zweijährigen Kämpfen, am 23. December daselbst zur Aufführung gelangte, und zwar in so ausgezeichneter Weise und mit einer so begeisterten Aufnahme seitens des Publicums, wie dies bisher kaum irgendwo der Fall gewesen. Es erfüllte sich, was schon vor der Aufführung Weber an Graf Brühl geschrieben hatte: „Ich bin überzeugt, dass Euryanthe erst in Berlin in allen ihren Intentionen hervortreten wird." Die Ausführung anlangend wäre die Besetzung vortrefflicher kaum zu denken gewesen. — Bader war namentlich nach allen Richtungen hin gleich unübertroffen, er war der Adolar, „wie er sein soll" — „durchaus herrlich!" wie Weber selbst der Gattin schrieb. — Diese Aufführung war des Meisters letzter grosser Triumph im deutschen Vaterlande; sie hatte ihn aber auch auf das Tiefste erschöpft, und schreckenerregend verändert sah ihn am 31. December Dresden wieder. Doch die grosse (und wie er wohl fühlen mochte) letzte Aufgabe seiner irdischen Laufbahn rief ihn unerbittlich zu neuen Anstrengungen wach.

Das Jahr 1826, das ihn uns rauben sollte, sah ihn am 6. Januar das zweite Finale des Oberon beendigen, ja am 13. fehlten nur noch wenige Nummern der Oper und die Ouvertüre. Diese und noch zwei in England nöthig gewordene Arien vollendete er erst zu London am 9. resp. 10. April. —
Am 16. Februar trat Weber die Reise nach London an, begleitet vom k. sächs. Kammermusiker A. B. Fürstenau,

der dort concertiren wollte, einem Meister auf der Flöte von seltener Bedeutung, den Weber selbst in einem Briefe „den Fürsten auf der Flöte Auen" nennt, und der ihm in der Fremde der treueste, ausharrendste Freund und Pfleger wurde. Er reiste über Paris; und hier wurde dem grossen deutschen Tonsetzer die parteiloseste Huldigung der hervorragendsten Geister zu Theil, an deren Spitze Cherubini, Rossini, Berton, Catel, Paer, Auber und Onslow standen. Der Besuch des von Weber überaus verehrten Cherubini beglückte ihn ganz besonders; die Notiz darüber in seinem Tagebuch ist zweimal unterstrichen. — Am 3. März kamen Weber und Fürstenau in London an. Der schmeichelhafteste Empfang, selbst von Seiten der öffentlichen Behörden ward ihm sofort entgegengebracht; ja, noch vor seinem öffentlichen Auftreten huldigte ihm das Publicum bei zufälligem Erscheinen in mehreren Theatern in überraschender, dort nie vorgekommener Weise. Sir George Smart, bei welchem Weber, wie verabredet Wohnung nahm, hatte in seinem Hause Alles mit jedmöglicher Rücksicht darauf einrichten lassen, dass er sich heimisch und wohl fühlen möge. — Den 8. März begann Weber die Direction der sogenannten „Oratorien" (grossen Concerte in den Räumen des Coventgarden-Theaters); ihr folgte die Leitung anderer Concerte, die des „Philharmonischen Vereins" und einzelner berühmter Künstler, mit denen er hier in Berührung getreten; alle waren sie von hoher Anerkennung begleitet. — Endlich am 12. April 1826 ging der Oberon auf dem Coventgarden-Theater zu London in Scene. Die Aufnahme desselben übertraf so sehr jede Erwartung Weber's und ging noch so weit über all' das Erhebende hinaus, was er schon an Dergleichen bisher erlebt und was selbst in England als das Ausserordentlichste gegolten hatte, dass nur die Kenntnissnahme der damaligen englischen Zeitungsberichte und besonders der **Briefe**, die Weber an seine Gattin gerichtet hat, deren ganzen Umfang verdeutlicht.*) Das Wesentlichste davon ist in dem, noch in der Nacht nach der ersten Aufführung niedergeschriebenen Briefe enthalten. Es heisst darin: „Durch „Gottes Gnade und Beistand habe ich denn heute Abend aber„mals einen so vollständigen Erfolg gehabt, wie **vielleicht** „**noch niemals**. Das Glänzende und Rührende eines sol„chen vollständigen ungetrübten Triumphes ist gar nicht zu „beschreiben. **Gott allein die Ehre!!** Wie ich in's Or„chester trat, erhob sich das ganze überfüllte Haus und ein „unglaublicher Jubel, Vivat- und Hurrah-Rufen, Hüte- und „Tücher-Schwenken empfing mich und war kaum wieder zu „stillen, etc. — Am Ende mit Sturmesgewalt mich herausge„rufen, eine Ehre, die in **England noch nie** einem Compo„nisten wiederfahren ist, etc." — Hiemit war, wie Weber weiter sagt, „ein grosser Schritt in der Welt abermals abge„than;" aber — es war der **letzte grosse Schritt!** müssen wir mit Schmerz hinzufügen.

Was nun das unter schweren körperlichen Leiden, in Hast, fast Angst geschaffene Werk selbst anlangt (denn Weber hatte wohl gefühlt, dass es zu seinem **letzten** werden würde) — so dürfte sich das zu richtiger Beurtheilung desselben Nöthige und eine solche selbst in Folgenden zusammenfassen lassen: Das von J. R. Planché geschriebene **Buch des Oberon** gab Weber fast noch grössere Schwierigkeiten

---

*) Diese Briefe sind auszugsweise abgedruckt in Weber's „Hinterlassenen Schriften", herausgegeben von Th. Hell. Leipzig und Dresden bei Arnoldi. 1828. Bd. III pag. IX bis XXXI, wie sie auch zerstreut mitgetheilt sind im 27sten Abschnitt von Max Maria von Weber's „Carl Maria von Weber. Ein Lebensbild." Bd. II pag. 647 und ff.

zu überwinden, als einst das der Euryanthe. Von dieser kannte er doch beim Beginne der Composition den Gang des Ganzen; vieles lag in der dichterischen Ausführung fertig vor; über den **Oberon** kam ihm **keine** weitere Kunde zu, als in ziemlich grossen Pausen jedesmal der eben fertig gewordene der drei Akte. Aeusserst geringe Verbindung nur bestand zwischen ihm und dem Dichter; eingehende mündliche Besprechungen waren unmöglich, und so musste er sich der drängenden Zeit halber an die Arbeit werfen, ohne des Dichters Conception vorher im Ganzen in sich aufgenommen und diese in ihrer Gesammtbeziehung zu der seinigen innerlich ausgestaltet zu haben. Darum finden wir im Oberon nicht die Durchführung **zahlreicher** Leitmotive, wie er diese (und **er** zuerst) in so geistreicher Weise bei seinen andern Musikdramen anwendete. Sein Genius erschuf sich deshalb ein **einziges Leitmotiv**, jenen **Terzgang**, mit dem die Ouvertüre beginnt (zweien echt arabischen Motiven entnommen), welches er nun in stets neuer und überraschender Weise jedesmal **da** bringt, wo es gilt, den Orient zu bezeichnen oder das Feenreich, das in jenem recht eigentlich seine Heimath hat.*) — Wenn Weber hiedurch in höchst genialer Weise eine wunderbare Einheit des musikalischen Hintergrundes der Oper herbeiführte, so standen ihm doch keine Mittel zu Gebot, die ausserordentliche Buntheit der Planché-schen Dichtung zu tilgen und ihr jenen Charakter zu nehmen, der, nicht ungerechtfertigt, als ein „melodramatischer" bezeichnet worden ist. — Das war jedoch ein grosser Nachtheil für seine Composition; ja dieser tiefgreifende Mangel war so be-

---

*) Ausführliches darüber in dem in der zweiten Note zu pag. 11 hier genannten Werke: „F. W. Jähns: Carl Maria von Weber in seinen Werken", auf pag. 309 bis 401 daselbst.

deutend, dass die Oper verloren gewesen wäre, wenn Weber sie nicht durch die hohe poetische Kraft seiner Musik durchgeistigt und emporgehalten hätte. Der wunderbare Melodienzauber aber, der über sie ausgegossen ist, der geheimnissvolle Reiz des orientalischen Gepräges aller dahin einschlagenden Theile, der farbenglänzende Duft, in den er die Feenwelt taucht, die wilde, gewaltige Macht, mit der er die Elementar-Geisterchöre ausgestattet, die Pracht in dem unvergleichlichen Marsch bei Erscheinen Karl's des Grossen — die vordeutende Einführung so verschiedener Momente endlich in einem der glänzendsten Tongebilde der gesammten musikalischen Literatur, der Ouvertüre — alles dies zusammengenommen erkämpfte der dichterisch sehr zweifelhaften Schöpfung eine Lebenskraft, an der ein halbes Jahrhundert spurlos vorübergegangen ist, die uns bei jedesmaligem Hören mit neuem Entzücken erfüllt und die das Werk, ähnlich seinen zwei grossen Vorgängern, durch die Welt getragen hat und fernerhin tragen wird. — Oberon bildet mit dem echt deutschen „Freischütz", mit den Klängen der spanischen und zigeunerischen Romantik „Preciosa's," mit der ritterlichen Hoheit und Pracht der „Euryanthe" ein wunderbares Viergestirn von seltenem Glanze, wie deren wenige aus der Schöpferhand ein und desselben Meisters hervorgegangen sind. — Und er war der Unsre! Mit freudigem Stolze können wir Deutsche dies ausrufen und den wohlerworbenen Lorbeer ihm auf das frühe Grab legen.

Noch einmal, ehe der Meister sein müdes Haupt zur Ruhe legte, rührte er sein goldnes Saitenspiel; es war der schöne „Song" aus „Lalla Rookh" „From Chindara's warbling fount I come", den er für die Sängerin Miss Stephens auf ihre Bitte zu dem Concerte niederschrieb, welches er als sein letztes in London am 26. Mai gegeben hat. — Wenige Tage darauf, am **fünften Juni 1826**, weilte er nicht mehr unter den Lebenden.

Weber's irdische Hülle, nachdem sie achtzehn Jahre, in der Moorfields-Capelle zu London beigesetzt, geruht hatte, führte die Liebe seines Volkes im December 1844 auf den katholischen Friedhof zu D r e s d e n über. Hier ruht er zwischen der geliebten Gattin († 1852) und dem in seinem neunzehnten Jahre (1844) derselben vorausgegangenen, zweiten Sohne A l e x a n d e r, einem als Maler hervorragend begabten, liebenswürdigen Jünglinge. Im October 1860 wurde unserm Meister eine herrliche von Rietschel geschaffene **E r z - S t a t u e** nahe am Hof-Theater in Dresden errichtet.

Wenn wir nun **Weber's Persönlichkeit** würdigen wollen, so müssen wir anerkennen: Neben dem ihm eingeborenen **Genius** war die wunderbare **Beharrlichkeit** seines Strebens die Haupteigenschaft seiner Natur, und durch diese Verschwisterung von **Können** und **Wollen,** von **Reichthum** und **Pflichtgefühl** wird er für die Nachwelt nicht nur zu einem Gegenstand der Bewunderung, sondern auch zu einem verehrungswürdigen Muster. Dem grossen **Künstler** wie dem edlen **Menschen**, dem in allen Verhältnissen dem einmal als recht Erkannten unerschütterlich treu Bleibenden ist, zumal in allen deutschen Herzen, ein unverlöschliches Denkmal gesichert. — Was an Weber's Schöpfungen getadelt werden kann, hat er nirgendwo dadurch verschuldet, dass er es mit der Kunst leicht nahm; immer wollte er, wie im Leben, das Gute darin, ja das Beste, zuweilen wohl das allzu Eigenthümliche; in vielen Fällen ist er falsch beurtheilt, am meisten durch Mangel an eingehender Kenntnissnahme oder durch unrichtige Behandlung seiner Werke. — —

Wie ernst er es mit der Kunst nahm, zeigen auch **seine schriftstellerischen Arbeiten**, welche sich theils in novellistischen Gebilden, theils als scharfsinnige und geistvoll geschriebene Abhandlungen, auf dem Boden seiner Kunst bewegen und überall Zeugniss ablegen von dem ernsten Streben des Meisters, sich immer klarer zu werden über die Ziele und die Mittel seiner schönen Kunst.*)

Sollen wir schliesslich C. M. v. Weber's **Gesammtwirkung auf die musikalische Kunst** in kurzen Worten geben, so müssen wir sagen: **Originalität**, verbunden mit tiefer **Empfindung** und seltener **Fantasie**, bezeichnet sein Wesen. Durch sie gewann er für **Wahrheit des Ausdrucks** in seiner reichen Melodik, in der Kühnheit seiner Harmonik durchaus neue Formen. In seiner **Intrumentation** brach er bisher unbetretene Bahnen, und in der **Einzelwelt fast jedes Instrumentes** herrschte er als Meister. Seine **Rhythmen** waren stets ebenso frisch als edel. — Mit allen diesen Eigenschaften begründete er eine **neue Epoche**, namentlich im musikalischen **Drama**, und die Folgezeit wird nach dieser Seite hin noch lange den Stempel seines Geistes tragen.

---

*) Diese schriftstellerischen Arbeiten Weber's füllen den ganzen dritten Band des in der Note zu pag. 37 genannten Werkes von Max Maria von Weber.